Peter Kauert & Ulrich Magin

Spuk-Orte in der Pfalz

Von Irrlichtern, Geisterhunden
und Weißen Frauen

AGIRO

Für meine Eltern Alfons und Magda Magin
und für Susanne, meinen guten Geist.

Ulrich Magin

AGIRO

Steffen Boiselle & Clemens Ellert
Sauterstr. 36, 67433 Neustadt an der Weinstraße
Fon: 06321 - 489343, Fax: 06321 - 489345
Mail: info@agiro.de

1. Auflage

Satz & Layout: Miriam Dous
Umschlag: Miriam Dous
ISBN: 978-3-946587-41-5

Weitere Informationen unter:
www.agiro.de

Inhalt

An die einhundert Burgen kann man in der Pfalz besichtigen, mehr als in vielen anderen Regionen Deutschlands. Bei den ältesten handelt es sich um keltische Fürstensitze, die seit mehr als 2.500 Jahren verlassen sind, um germanische Fluchtburgen, festungsartige Stadtruinen wie die Heidenlöcher, schließlich Motten, wie man die ältesten und einfachsten Burgen nennt, salische und staufische Reichsfestungen und schlussendlich schlossähnliche Anlagen wie die Madenburg oder die Hardenburg.
Reichlich Geschichte belegen die Ruinen. Es sind fast ausschließlich Ruinen, denn die meisten Burgen wurden im Bauernkrieg, in lokalen Fehden oder im Pfälzischen Erbfolgekrieg zerstört, die wenigen, die auch jetzt noch stehen, sind im 19. und 20. Jahrhundert wieder aufgebaut worden.
So viel Geschichte bedeutet auch unermessliches Leid, und von diesem Leid künden die Geister, die dort umgehen. In vielen Burgen der Pfalz spukt die Weiße Frau, an manchen zieht ein sagenhafter König mit seiner Geisterprozession vorbei. Mehr als einmal erzählt die Sage vom König, der unter der Burg schläft und die Hoffnung auf bessere Zeiten symbolisiert, dann wieder müssen Raubritter oder Grenzsteinversetzer spuken, bis sie erlöst werden, während sie in den Flammen des Fegefeuers stehen. In anderen auf Sandsteinklötzen thronenden Burgen hört man seltsame Geräusche – Klirren, Schnaufen, Atmen, Heulen. In den Gassen und auf den Fluren kann man schwarzen Hunden mit feurigen Augen begegnen – oder Kälbern oder Hammeln, die sich urplötzlich in Menschen verwandeln.
Nicht alle Spukerscheinungen sind bloß Sagen oder märchenhafte Geschichten – denn selbst heute noch sehen und erleben Menschen, die Burgen und Felsen in der Pfalz besuchen, schemenhafte Formen, hören nachts im Wald unheimliche Geräusche oder spüren, wie sich ihnen unvermittelt etwas Unbestimmtes, Kaltes nähert. Solche Erfahrungen lassen die Tiefe der Zeit und die ihn ihr verborgenen Geheimnisse erahnen. Sie sollen und werden in diesem Buch nicht analytisch seziert, sondern als das genommen, was sie sind: Begegnungen des Individuums mit einer unfassbar großen Natur und der langen Geschichte, wie auch immer im Einzelnen die Erklärung für das Vorgefallene sein mag.

Ich möchte in diesem Buch eine typische Auswahl an Spukberichten bieten, die Menschen in der Pfalz früher erlebt haben und heute noch immer durchleben und erfahren.
Die atmosphärischen Schwarz-Weiß-Aufnahmen von Peter Kauert haben die Magie unserer Pfälzer Burgen, aber auch von Felsen, Hinkelsteinen und anderen Spukorten auf ganz besondere Weise eingefangen: So kann die Gruseltour bereits im heimischen Sessel beginnen. Entdecken Sie mit uns die düsteren und unheimlichen Seiten der Pfalz!

Ulrich Magin

Burg Falkenstein

Burg Falkenstein, zum ersten Mal 1135 erwähnt, war der Stammsitz der Falkensteiner Grafen, einer edlen Sippe, deren Mitglieder unter anderem die Reichskleinodien auf dem Trifels hüteten. Die Burg wurde in ihrer wechselvollen Geschichte von den Franzosen mehrmals zerstört und geschleift, zum letzten und endgültigen Mal 1794. In der Klosterkirche des wenige Kilometer nördlich gelegenen Marienthals steht der Sarkophag mit der Abbildung von sieben frühzeitig verstorbenen Kindern eines Falkensteiner Grafen mit der Inschrift: „Lasset die Kindlein zu mir kommen und wehret ihnen nicht, denn solcher ist das Himmelreich."

Von der Burg zeugen noch beachtliche Reste, aus ihren Steinen wurde der Glockenturm im Dorf errichtet – ohne Kirche, die steht in Imsbach. Der Turm soll mit seinen Glocken nur an den beginnenden Gottesdienst erinnern. Eine Stadtmauer umschloss das Dorf am Fuße der Burg, noch heute gibt es in Falkenstein ein Winnweiler und ein Rockenhausener Tor.

Südlich von Burg und Dorf erstreckt sich die unheimliche Falkensteiner Schlucht oder „Hölle". „Thurmhohe Porphyrmassen", so schreibt August Becker 1858, „streben rechts und links empor und treten hier eng zusammen, sodaß kaum noch der Weg und ein Bächlein Platz haben, herauszudringen. Prächtig kleiden diese ‚Höllenpforte' die überhangenden Gesträuche und Bäume ... Rings tiefe Stille in dieser himmlischen Hölle, mächtige überhängende Felsen zu beiden Seiten, darüber das Dach der Buchen, das die Sonne golden färbt … Auf einem Pfade an den mächtigen Felsen empor gelangt man zu der Räuberhöhle, einer düsteren Felsengrotte, die 7 Fuß hoch und breit tief in die innere Welt dieser Felsen führt. Geheimnißvolles Dunkel umfängt uns drinnen, wenn wir über die Schlucht zu ihrem Eingange gelangt sind." Entgegen ihrem Namen war die Höhle im Mittelalter wohl eine Klause oder Eremitage, also ein Ort der Andacht.

Wer ganz genau Ausschau hält, der mag in der „Hölle" eine jener dämonischen Kröten entdecken, die – wie im nahen Wolfersthal – Bodenschätze anzeigen.

Hohenfels

Wer sich zur falschen Zeit, zur falschen Stunde der Ruine Hohenfels nähert, der braucht mehr als eine Infrarotkamera und ein bisschen Ghost-Hunting-Erfahrung – er braucht vor allem Glück. Denn die Kobolde und Geister, die die Burg und den Berg umschwärmen, sind als leicht reizbar bekannt und dürfen nicht verärgert werden. Einmal haben sie einen kaiserlichen Hauptmann, der ihre Ruhe beeinträchtigte, erst lange am Berg irregeführt und dann in einen Rehbock verzaubert – damit ein Förster ihn erschoss!
Die Burg selbst ist eine unauffällige, dafür äußerst atmosphärische Ruine. Und sie kann den einsamen Besucher noch heute verzaubern.

Neuleiningen

Der Spuk ist etwas älter, doch gut bezeugt: Im 12. Jahrhundert hörten die Bewohner der Burg Lärm aus dem Berg dringen, dann zog eine bewaffnete Schar Ritter aus dem Hang und stellte sich auf einem nahen Feld zur Schlacht auf. Die Waffen klirrten, die Rosse schnaubten, und zur neunten Stunde zog das Heer zurück in den Berg. Das ging drei Jahre so, und vermutlich brachte es die Menschen nicht nur um den Schlaf, sie ängstigten sich auch um ihr Seelenheil.

So wurde Abt Ruppert vom Kloster Limburg um Hilfe gerufen. Er besah sich alles in Ruhe: wie die Streitmacht aus dem Berge zog, wie sie sich zum Kampf formierte, wie die Männer ächzten und kämpften und schließlich, wie sie zurück zogen in den Berg.

Da stellte sich der Mönch in den Weg und wollte im Namen Jesu wissen, warum sie kämpften. Sie erklärten, dass sie verdammt seien, weil sie zu alten Zeiten ihren Herrn verraten hatten, und dass das Leuchten, das sie umgab, vom Höllenfeuer stammte, in dem sie brieten. Sie könnten erlöst werden, wenn man für sie bete.

Das tat der Mönch denn auch unter ärgsten Qualen, aber am nächsten Tag krochen sie nicht mehr aus der Unterwelt hervor, sondern die Menschen konnten aus der Tiefe ihren Jubelgesang hören.

Die erlösten Ritter erscheinen also nicht mehr, aber wer weiß, welcher Spuk aus der ereignisreichen Geschichte der Burg dort noch zu spüren ist?

Barbara Golem
Äbtissin
† März 1535

Klosterruine Rosenthal

Vom Kloster Rosenthal ist nur eine Ruine geblieben, ein massives Langhaus mit einem grazilen gotischen Türmchen. Es ist eine nachdenkliche Ruine, und sie hat große Geschichte gesehen. Von hier zog der deutsche König Adolf von Nassau am 2. Juli 1298 in die Schlacht von Göllheim gegen seinen Rivalen Albrecht von Österreich.

Im Kloster beherbergte ihn die Äbtissin Clementia. Nach der Schlacht brachte man seinen blutüberströmten Leichnam zu ihr und von dort nach elf Jahren erst in den Mariendom zu Speyer, wo er in der Krypta neben seinem toten Widerstreiter beigesetzt wurde.

Am Tage seines Todes harrte im Kloster die Nonne Imagina im Gebet für den Sieg des rechtmäßigen Königs aus, als sie seine Hunde an der Pforte der Zisterzienserinnenabtei winseln und daneben sein Schlachtross schnauben hörte. Sie lief, so schnell es ging, auf das Schlachtfeld, fand den Kadaver des Königs und brachte ihn ins Kloster.

In der Gruft, neben dem Leichnam, soll sie selbst augenblicklich aus Kummer gestorben sein. Blutige Geschichte also prägt die Atmosphäre des frommen Baus.

Ungeheuersee

Der Ungeheuersee im Leininger Sporn hoch über Leistadt ist ein seichter Moorweiher mit schauriger Ausstrahlung – stetig wandelt sich der Wasserspiegel, eine treibende Moosinsel verändert den Anblick des Sees.

An den Ufern packen die Waldgeister unvorsichtige Besucher um Mitternacht, halten sie fest und lassen sie nie mehr los. Und einst, so erzählte man sich früher furchtsam hinter vorgehaltener Hand, lebte da eine Waldfrau. Sie riss achtlose Kinder zu sich und zog sie mit sich hinab in ihr unterirdisches Zauberschloss.

Dass es dieses Schloss gab, das konnte jeder hören, denn aus dem Wasser drang das Geläut von Glocken. Vielleicht stammten die unheimlichen, dröhnenden Töne aber auch von den Glocken der heute protestantischen Kirche von Weisenheim am Berg (um 1300). Als die Stadt im Dreißigjährigen Krieg belagert wurde, nahmen die Bürger ihre metallenen Gottesdienstrufer vom Turm und versenkten sie in der dunkelsten Nacht im See. Die genaue Stelle notierten sie in den Büchern der Pfarrgemeinde. Doch niemand, der Zeuge der Tat war, überlebte den fürchterlichen Krieg, und die Glocken blieben für immer verschwunden. Auch das silberne Glöcklein des Klosters Höningen soll tief unten im See liegen, wohin es die Spanier brachten.

Ob Kinder, Kirchenglocken oder Silberschätze – der See verschluckt, was sich ihm nähert, und gibt es nicht mehr frei. Nur einmal im Jahr, im Frühjahr, scheinen die Leiber der in die Tiefe entführten Kinder wieder an die Oberfläche zu kommen: Hunderte Kröten treffen sich zur Hochzeit und bringen das Wasser zum Brodeln.

Die Gemeinde Hochdorf war im hohen Mittelalter im Besitz des Klosters Weißenburg, aus Geldmangel verpfändete Abt Eberhard 1367 das Dorf an den Ritter Konrad Landschad von Steinbach. Der Ritter, ein kränkelnder Mann, konnte sich um sein Gut nicht selbst kümmern, deshalb bestellte er einen Verwalter. Der nutzte ihn aus und steckte die erwirtschafteten Güter in die eigene Tasche. Seinem Herrn aber meldete er, Frost und Unwetter hätten die Ernte vernichtet. Das schrie nach ausgleichender Gerechtigkeit, und tatsächlich: Der raffgierige Verwalter wurde während eines Gewitters vom Blitz erschlagen.
Und nun begann er umzugehen. Schon in der Nacht nach seiner Beisetzung spukte es auf dem Wirtschaftshof – verängstigt hörte das Gesinde laute Geräusche wie das Rollen von schweren Weinfässern. Ein neuer Verwalter horchte sorgfältig darauf, woher das Geräusch kam, grub dort bei Tag nach und barg den Schatz, den sein Vorgänger versteckt hatte. Das soll den Spuk beendet haben.
Aus der Zeit des Spuks stammt noch der romanische Turm der Pfarrkirche St. Peter, die Kirche entstand erst 1756 an der Stelle eines Vorgängerbaus von spätestens 1179.

Waldsee-Neuhofen

Gebannt ist die Weiße Frau von Neuhofen, die früher am Hochufer zwischen Waldsee und Neuhofen umging. Wer sie sah, konnte so sehr mit der Furcht zu tun bekommen, dass er an dem Schreck starb.
Die Einführung des elektrischen Lichts soll die Erscheinung vertrieben haben.

Dannstadt

Auf dem Friedhof von Dannstadt hat schon so mancher Irrwische tanzen sehen, und es galt als Mutprobe, dem Mädchen, das man liebte, ein solches Irrlicht zu fangen. Nur einem soll es je geglückt sein, aber am nächsten Tag fand man ihn grauhaarig und zerschlagen. Er starb auch bald darauf. Und das Mädchen, das die Liebesgabe von ihm gefordert hatte, verlor über Nacht seine Schönheit und seinen Stolz. Man lässt die flackernden Seelen also besser allein.

Früher befand sich mitten in Dannstadt ein Dorfteich. Die Mütter warnten ihre Kinder, dort zu spielen, denn in dem Gewässer hauste ein Wassermann. Wer dem Teich zu nahe kam, den zerrte der Wassermann in die Tiefe hinab und ertränkte ihn. Diese Gefahr ist heute gebannt, die wässrige Kuhle aufgefüllt.

Fußgönheim

Das Fußgönheimer Schloss, um 1730 für den Hofkanzler Jacob Tillmann von Hallberg in Form eines H erbaut, wurde 1794 von französischen Besatzern beschlagnahmt und zuletzt 1973 umfassend renoviert.

Einer der Schlossherrn von Hallberg war ein Despot und knechtete die Menschen in Fußgönheim über Gebühr. Deshalb muss er umgehen, bis er erlöst wird. In der gesamten Gemeinde spürte man früher diesen Poltergeist, und zwar selbst am helllichten Tage. Mal rempelte er eine Magd an, die die Milchkanne fallen ließ, mal schubste er einen Bauern vom Heuboden, bis er herunterfiel und sich etwas brach.

Im Wald vor Fußgönheim, wo sich früher die Reitbahn der Herrn von Hallberg befand, ging er immer im Kreis herum – da erschien er als Geist, der den Kopf abnahm.

Der Sage nach hat ihn aber eines Tages ein Invalide erlöst, der in das Dorf kam und sich auf die Stelle als Nachtwächter bewarb. Die Stelle war bereits vergeben, die Menschen aus Fußgönheim erklärten sich allerdings bereit, dem armen Mann eine lebenslange Leibrente zu zahlen, wenn er das Gespenst bannte. Der Mann setzte sich um Mitternacht auf einen Stein und wartete, da kam der Geist geritten. „Warum kehrst du nicht in dein Grab zurück?", fragte er das Phantom. „Ach, wenn ich das nur finden könnte!", entgegnete das Gespenst. Da führte der Mann den Spuk zu einer nahen Wolfsgrube, in die der Hallberger fuhr.

Seitdem soll Stille herrschen in der Gemeinde – wer aber würde heute schon zugeben, dass ein Poltergeist durch seine Stube zieht?

Maudacher Bruch

Das Maudacher Bruch ist der Überrest eines bereits um 900 vor Christus verlandeten, über sechs Kilometer langen Altrheinarms. Noch heute gibt es dort Sümpfe und Wälder, die mehr an den Amazonas gemahnen als an die Grünfläche einer modernen Industriestadt.
Hat man dort früher Irrlichter gesehen, die fahlen, tanzenden Flämmchen über dem Moor, die man für die Seelen im Fegefeuer oder für Spiele des Teufels hielt? In der Pfalz nannte man sie Irrwische oder Nachtwische.
Im August 2004 rief ein verblüffter Angler die Polizei in Ludwigshafen an. Er hatte am Jägerweiher beobachtet, wie ein „unbekanntes Flugobjekt" direkt im See landete. Herbeigeeilte Polizisten sahen das unheimliche Lichtphänomen ebenfalls, konnten aber in der Dunkelheit keine Erklärung finden. Mit Taucher und Schlauchboot fahndete am Tag danach die Feuerwehr nach dem unheimlichen Ding. Sie barg einen kleinen Ballon, an dem eine Aluschale hing, in der sich ein mit Brennspiritus getränkter Wattebausch befand.
Das Irrlicht vom Bruch war ein ganz normaler Spaßballon gewesen.

Rheingönheim

Bei Rheingönheim geht eine Gestalt um, die „der Glühende mit dem rußgeschwärzten Gesicht" genannt wird. Die unheimliche Gestalt ist zudem von Feuerflammen umgeben, weshalb man sie für die Erscheinung eines trunksüchtigen Schmieds hält. Einmal soll das Gespenst so schrecklich aufgetreten sein, dass es eine Schafherde in Panik versetzte.

Der Krick bei Edigheim

Zwischen Oppau und Edigheim, zwei Stadtteilen von Ludwigshafen, lag der Krick, ein unheimlicher Sumpf. Dort spuken ein schwarzer, riesiger Hund mit feurig-glühenden Augen, eine „Sau mit Holzklumpen" und eine dreibeinige Ziege. Ohne Zweifel sind das keine bloßen tierischen Missgeburten, sondern gefährliche Geister.

Neuhofen

In Neuhofen spukte es an mehreren Orten: Im Burggässel ging ein weißer Hammel um. Zunächst erschien er in einem Haus und ging dann nach draußen. Weshalb er das tat und wer da spukte, das vermochte keiner zu sagen. Die Erscheinungen des Hammels ereigneten sich unregelmäßig, auch folgten sie dem Hausbesitzer, als er in die Speyerer Straße umzog. Sein Sohn soll den Hammel bis zur Waldmühle verfolgt haben, wo er verschwand. Das elektrische Licht im Dorf soll das Unwesen endgültig vertrieben haben – vielleicht traut sich auch bloß keiner mehr, über seine Begegnungen zu reden?
Im Kirchgässl zeigte sich jede Nacht ein „unheimliches Tier", angeblich der weiße Spitz eines verstorbenen Kuhhirten. Als eine Frau den Spitz mit seinem Namen „Mohrle" anrief, soll er sich in Luft aufgelöst haben.

Nachtweidebrunnen bei Mutterstadt

Bereits 1275 wird eine *veltkirch*, eine Feldkirche St. Medardus, zwischen Mutterstadt und Ruchheim erwähnt. Von dort ging ein Pilgerweg kerzengerade bis zur Waldkirche. Der einzige Rest der ehemaligen Ansiedlung auf dem Medardsfeld ist heute der denkmalgeschützte Nachtweidebrunnen.

Im Volksmund lebte die Kirche als prächtiges Kloster weiter. Die Schweden sollen es im Dreißigjährigen Krieg geplündert und dann abgebrannt haben. Seitdem spukt es dort. Ein Mönch geht um, nach anderen die Weiße Frau, aber auch ein großer, furchterregender Hund.

Oggersheim

In der Geistgasse hörte man noch Mitte des 19. Jahrhunderts schlimmes Kettenrasseln – so grässlich, dass es die Menschen in Schrecken versetzte. Einmal will eine Frau auch ein geisterhaftes rotscheckiges Kalb gesehen haben, das sofort wieder unsichtbar wurde. Aber die meisten hörten nur das unheimliche Rasseln. Das hielt einige Zeit so an, bis eine junge Frau, die das Kalb sah, laut ausrief: „Gott steh' mir bei!" Da verschwand das Ungetüm und ließ sich nie mehr blicken.
Das Kettenkalb in Oggersheim war nicht das einzige Tiergespenst. Am Hüttengraben, der selbst eine geheimnisvolle Anlage aus dem frühen Mittelalter ist, spukt zwischen 11 und 12 Uhr mittags der Hüttenhammel. Das Gespenst hat die Form eines Hammels, verwandelt sich dann in einen Menschen und verschwindet.
Manchmal springt der Hüttenhammel heimkehrenden Oggersheimern auf den Rücken und lässt sich von ihnen tragen bis zu den ersten Häusern des Stadtteils.
Auch ein schwarzer Hund soll am Hüttengraben umgehen …

Heidekreuz bei Maxdorf

Das Heidekreuz bei Maxdorf erinnert an die Kämpfe zwischen napoleonischen und kaiserlichen Truppen im Jahre 1795 – ein ungarischer Capitaine war an dieser Stelle von fliehenden Franzosen erschlagen worden, der General Plankenstein ließ zu seinem Gedenken auf der Heide das Kreuz errichten.

An dem Steinkreuz, an der Lambsheimer Mühle und an den Bachufern der Isenach hört man um Mitternacht ein geisterhaftes Keuchen. Die Sage erklärt das unheimliche Geräusch mit einer tragischen Liebesgeschichte: Es soll sich um den Geist eines Mannes handeln, dessen Braut einen anderen liebte, weshalb sie sich in der Isenach ertränkte.

Haßloch

Was uns die heute evangelische Christuskirche von Haßloch überliefert, ist unheimlich und menschlich anrührend zugleich: Bei Untersuchungen im Sommer 2020 entdeckten Mitglieder der Haßlocher Turm Initiative e. V. eine rund einen Quadratmeter große mittelalterliche Grube am Kirchturm, in der sie in 60 Zentimetern Tiefe auf menschliche Knochen stießen. Rudi Einholz, ein Architekt, vermutete, dass die Überreste von Kindern stammten – es handelte sich um Schädelfragmente von Säuglingen und Beckenreste von größeren Kindern

Es waren die Überreste von sogenannten Traufkindern. Ungetaufte Kinder durften noch bis zum Zweiten Vatikanischen Konzil (1962–1965) weder auf einem Friedhof noch mit christlichen Riten bestattet werden, geduldet wurde allerdings bis in die frühe Neuzeit hinein, dass man sie nachts heimlich in der Nähe der Kirche verscharrte.
Das Wasser, das vom Dach der Kirche auf das Grab tropfte, sorgte dann nach und nach für eine Art posthume Taufe. „Auf diese Weise“, meinte Haro Schreiner von der Turminitiative, „landete nach dem Volksglauben das Kind nicht in der Hölle, sondern sah einen Zipfel des Himmels.“
So reden die Geister der Verstorbenen vom Turm der Christuskirche noch heute zu uns und erzählen von unbarmherzigen Zeiten.

Rund um die schicksalsträchtige Burg Nanstein, dem Sitz von Franz von Sickingen, dem „letzten Ritter“, spukt es an vielen Orten.

Auf der Burg Nanstein gehen bei hellstem Tageslicht drei Ritter und drei Burgfräulein um und jagen dem überraschten Besucher eine solche panische Angst ein, dass er läuft und läuft, bis er nach Landstuhl kommt. Nachts ertönt über der Burg Hundegebell und der Lärm von Zechern, die Fenster der hohlen Gemäuer sind plötzlich wieder erleuchtet, und die Geister von Sickingen und seiner Schar feiern und eilen vom Schloss in die Dunkelheit. Das ist „Sickingens Jagd“, das Wütende Heer, das hier bei Nanstein nicht der Teufel oder ein Dämon leitet, sondern der alte Ritter selbst.

Am Galgenhügel zwischen Landstuhl und Kindsbach geht eine meineidige Frau um, die ihr Kind ermordete, die Tat aber einem unschuldigen Mann in die Schuhe geschoben haben soll. Im weißen Kleid wandert sie umher und klagt laut. Am selben Galgenhügel erschreckt ein „kleines Männchen im Frack, den Zylinder auf dem Kopf“ die Reisenden und macht jede Beschleunigung mit, wie Victor Carl weiß. Erreicht man den Galgenhügel, löst sich das Männlein in Luft auf.

Burg Frankenstein

Unter der Burg Frankenstein hatte einer ihrer Besitzer, ein Raubritter übelster Sorte, Schätze in einer Grotte angehäuft. Diesen Schatz kann man heben – wenn es einem nicht geht wie jenem Mann, der endlich zur Truhe gelangte, aber feststellen musste, dass sie von zwei riesigen Hunden mit feurigen Köpfen bewacht wird.

Der Mann flüchtete, und am nächsten Morgen fand man ihn völlig erschöpft vor dem Eingang der Höhle. Seine Haare aber waren über Nacht schlohweiß geworden.

Remigiusberg

Das Kloster auf dem Remigiusberg wurde um 1127 von Benediktinern der Abtei Saint-Remi zu Reims gegründet und 1526 in Folge der Reformation aufgelöst.
Die Geister der Mönche, die einst im Kloster Remigiusberg lebten, lassen sich nachts noch sehen. Sie entsteigen ihren Gräbern, versammeln sich in der Kirche, singen und spielen Orgel, und zum Schluss steigt der Abt empor zum Himmel und die Mönche zurück ins Grab. Bricht der Tag an, ist der Spuk vorbei.

Burg Lichtenberg

Die Burg Lichtenberg ist eine der größten Burgruinen Deutschlands – fast einen halben Kilometer ist sie lang!
Noch um das Jahr 2000 will eine Klasse von Neunjährigen den Bergfried „immer in der Nacht“ rot leuchten gesehen haben, „obwohl da keine Lichter sind“. Bei Tage hätten sie im Turm nichts gefunden, „das rotes Licht erzeugt“. Dennoch – pünktlich um 0.30 Uhr leuchtete der Turm rot auf. „Keiner weiß warum, aber wir waren alle etwas ängstlich. Wir waren ja auch gerade erst neun damals“, wie einer der Schüler später in einem Internet-Forum berichtete. Auch schlichen in der Umgebung einst Werwölfe herum. Selbst im gemeinen Wolf sah man ein Menschentier, und in Kusel ist 1596 ein Wolfgalgen bezeugt, welcher der Hinrichtung solcher Unholde galt.

Burg Diemerstein

Burg Diemerstein, 1216 erstmals erwähnt und im Dreißigjährigen Krieg zerstört, ist eine romantische Ruine mit großer Geschichte. Hier fand der Reformator Ulrich von Hutten 1521 Unterschlupf.
Die Burg sei „auf furchtbaren Felsen-Massen erbaut", schreibt Michael Frey 1837. „Rings um den Diemerstein sich lagernd, bilden die mächtigen Felsen bisweilen groteske Figuren, während die Burg selbst durch ihre röthlichen Mauern und Thürme, mit Birken u. dgl. gekrönt, aus des Waldes Dunkel in das Thälchen malerisch herab blickt und den Wanderer von der Thalstraße zu sich hinan zieht."
Die Umgebung der Burg hat viele unheimliche Orte zu bieten. Ihr Territorium erstreckte sich bis zum Rabenstein, der an die aasfressenden Vögel erinnert, die um einen Galgen kreisten. Nordwestlich liegt im Tal der Hungerbrunnen (Ritterstein 165), der vor Hungerjahren besonders viel Wasser gibt und somit Notzeiten voraussagt. Weit oberhalb der Burg thront der Rattenfels (Ritterstein 164), dessen Erosionslöcher rund sind wie die Höhlen von Mäusen und Ratten. Wer aufmerksam hinschaut, erkennt zudem verwitterte Wetzrillen, Hinweise auf abergläubische Riten, die hier durchgeführt wurden und mit der Volksmagie zu tun haben. Auch eine Schatzsage knüpft sich an die Burg: Ein Soldat soll geträumt haben, dass sich am Diemerstein unter dem dritten Weidenbaum am Bollesbrunnen ein Schatz befinde. Er wollte es aber nicht glauben und plapperte es betrunken weiter. Ein Krämer, der den Säufer beim Wort nahm, ging hin und grub den Schatz aus.

Burgruine Lichtenstein

Die Burgruine Lichtenstein auf einem Ausläufer der Hohen Loog in rund 270 Metern Höhe musste stark darunter leiden, dass spätere Jahrhunderte sie als Steinbruch nutzten – nur noch ein Graben, die Ringmauer und ein Felsklotz, der früher den Bergfried trug, sind erhalten. Die Burg, die deutlich sichtbar und majestätisch über dem Dorf thront, ist Burg Neidenfels, die erst errichtet wurde, als die Lichtenstein 1281 zerstört worden war. Burg Lichtenstein liegt, versteckt im Wald, auf dem Berg gegenüber.

Doch die Vergangenheit lässt Burg Lichtenstein nicht los. So verloren einmal zwei Jungen, die dort Ziegen hüteten, zwei ihrer stattlichsten Tiere. Als sie nach ihnen suchten, wollten sie in einer Felsspalte der Weißen Frau begegnet sein. Sie füllte die Taschen eines der Kinder mit schweren Sachen. Der andere Junge griff hinein, fand aber nur Ziegenmist und warf das wertlose Zeug weg. Als beide zu Hause angekommen waren, hatte sich der kümmerliche Rest Mist in Gold verwandelt. Noch heute spukt die Weiße Frau und hütet ihren Schatz im Berg.

Trippstadter Schloss

Einer der magischsten und unheimlichsten Orte der Pfalz ist der lange und düstere Brunnenstollen, der das Schloss Trippstadt 250 Jahre lang mit Wasser versorgte. Das in Europa einmalige Bauwerk brachte 1767 bis 1965 Wasser nach Trippstadt und zu den Wasserspielen im Garten des Barockschlosses – und es ist ein einmaliges Erlebnis, sich mit nassen Füßen quer durch den Berg zu tasten.

Unweit der Gemeinde, keinen Kilometer im Nordwesten, stand das Hochgericht der Herrschaft Wilenstein mit seinem Galgen. Der Ritterstein „Hochgericht 1767" erinnert an die grausige Hinrichtungsstätte ebenso wie die Straße „Am Hochgericht" und das nahe Industriegebiet „Am Galgen".

Zwei Kilometer nördlich des Ortskerns findet sich der Ritterstein 116, „Ruine Forsthaus Wittgenberg". Das Haus wurde 1832 erbaut und 1873 stillgelegt – und steht in Zusammenhang mit einem grausamen Verbrechen. Am 3. Februar 1868 wurde knapp südlich von Kaiserslautern, wo heute der Julchen-Stein an die Tat erinnert, ein besonders abscheuliches Verbrechen an der 16-jährigen Julie Schaffer aus Trippstadt verübt. „Das junge Mädchen, von kräftigem Körperbau, scheint nach heftiger Gegenwehr, wobei ihm Daumen und Finger der rechten Hand durchschnitten und noch andere Verletzungen, namentlich an der Stirn beigebracht wurden, durch einen gräßlichen Schnitt in den Hals getödtet und sodann in entsetzlicher Weise geschändet und verstümmelt worden zu sein. Daß es nicht auf Raub abgesehen war, beweist, daß dieselbe noch im Besitze ihrer Schmucksachen war."

Kurz nach der Untat wurde Benedikt Candidus, der Sohn des Wittgenberger Försters, unter Mordverdacht verhaftet, aber später wieder entlassen. Der Täter wurde nie gefasst.

Burg Wilenstein

Die Burg Wilenstein bei Trippstadt ist ein monumentaler Klotz – schlicht, aber beeindruckend. Unter der Burg sollen sich gewaltige Gewölbe befinden, und in diesen gewaltigen Gewölben noch gewaltigere Schätze.

Man kann sie heben, allerdings muss man zuerst der Schlangenkönigin mit der goldenen Krone gewahr werden, die den Weg dorthin weist. Und wie in anderen Burgkellern hockt auf der Truhe mit dem Schatz ein Hund mit feurig glühenden Augen, der den Schlüssel im Maul hält.

Aschbacherhof

Einsam liegt der Aschbacherhof zwischen Trippstadt und Kaiserslautern – und romantisch ragt der Turm von St. Blasius aus dem 12. Jahrhundert, die Ruine eines einst großen Gebäudes, zwischen den Bäumen heraus.

Auf dem Weg vom Hof nach Stelzenberg spukt es. Zeugen melden ein „eigenartiges Brausen“ und ein Mann, der die Strecke in der finsteren Nacht ging, sah „ein hageres, graues Gespenst ohne Beine“, das sich ihm schwebend näherte. Er trug zwar zum Selbstschutz einen Stock bei sich, doch angesichts des grauen Männleins fühlte er sich gelähmt. Er rief die Namen der Dreifaltigkeit laut aus, da verschwand der unheimliche Besucher.
Andere Beobachter haben das Männlein um Mitternacht auf einem Grenzstein sitzen sehen und fromm predigen gehört. Ist es jemand, der einen Stein versetzt hat, als er noch lebte, und jetzt umgehen muss, bis ihn jemand zu erlösen versteht?

Burg Hohenecken

Die mächtige Spornburg vor Kaiserslautern mit dem fünfseitigen Bergfried und der gewaltigen Schildmauer wurde vermutlich um 1200 erbaut.
Ein Fräulein von Hohenecken, eine mittelalterliche emanzipierte Frau, jagte im Forst gern mit Pfeil und Bogen. Einmal aber traf sie auf ein altes Mütterchen, das in die Zukunft schauen konnte, und dieses sagte ihr, eines Tages werde einer ihrer Pfeile ihren Geliebten töten. Sie hörte wohl zu jagen auf, aber ein Nebenbuhler ihres Liebsten hatte einen ihrer Pfeile in einem durchbohrten Reiher gefunden, bewahrte ihn auf und erschoss mit ihm ihren Geliebten.

Johanniskreuz

Mitten im Pfälzerwald liegt Johanniskreuz, der Schnittpunkt zweier Bundesstraßen, und mitten in Johanniskreuz stehen drei alte, verwitterte Sandsteinkreuze.

Das früheste Kreuz – in der Gruppe rechts – wird erstmals 1533 genannt, ist allerdings viel älter. Es handelt sich um „eines der ältesten Kreuze unseres Landes“, wie der Kultmal-Experte Fred Weinmann schreibt, und stammt wohl vom Ende des 13. oder Anfang des 14. Jahrhunderts.

Dieses Kreuz wurde als Wiedergutmachung für eine Untat aufgestellt, wohl einen Mord, es ist ein sogenanntes Sühnekreuz.

Wer von Neustadt nach Lambrecht fährt, kann auf halber Strecke rechts ins Nonnental einbiegen. Es ist ein stilles, atmosphärisches Stück Wald.

Den Namen soll es der Sage nach von einem untergegangenen Nonnenkloster haben. Dass es dieses Kloster gab, das beweist allein schon die Tatsache, dass einmal ein Eber eine Glocke dort aus dem Boden gewühlt haben soll, die dann in der Stiftskirche aufgehängt wurde. Es wird erzählt, dass dem sagenhaften Gotteshause eine harte Äbtissin vorstand – die deshalb noch heute umgehen muss und auf ihre Erlösung wartet. „Sonntagskinder", also Menschen, die über die Gabe des Hellsehens verfügen, können das Kloster alle sieben Jahre am Tage seiner Zerstörung in seiner ganzen Pracht wieder auferstehen sehen.

Ein Schäfer, selbst ein Sonntagskind, soll einmal in der Nacht Kloster und Kirche von vielen brennenden Kerzen hell erleuchtet und vom Gesang der Nonnen erfüllt angetroffen haben. Nun wusste er, dass derjenige, der die Schwestern erlöst, auch an den Schatz des Klosters kommt. Er betrat die Kirche und sah die fahlen, toten Gesichter der Nonnen. Da packte ihn die Angst und er stieß ein „Gelobt sei Jesus Christus!" aus. Im gleichen Augenblick noch verschwanden Kloster und Klosterfrauen vor seinen Augen. Das letzte, was er hörte, war der verzweifelte Ruf der Vorsteherin: „Ach, jetzt muss ich wieder sieben Jahre warten!"

Wer also genug Mut aufbringt und sieben Jahre lang im Tal ausharrt, hat dic Chance, eine Frau zu erlösen und einen Schatz zu gewinnen.

Die Kaiserpfalz in Kaiserslautern

Jedes Jahr am 10. Juni, dem Tag, an dem Kaiser Barbarossa einst starb, ersteht um Mitternacht seine Pfalz wie neu, und aus ihren Gräbern klettern Ritter und Knappen mit traurigen Gesichtern, denn vorweg schreitet ein besonderer Mann, der das Haupt des Toten in Händen hält

Alle sind schwarz gekleidet, und feierlich ziehen sie durch die Straßen der Stadt. Dann verschwindet die ganze Vision lautlos.

Es heißt, dass Napoleon I. eine Nacht im eisernen Bett des Kaisers Barbarossa in der Kaiserpfalz verbrachte (vielleicht, als er am 5. Oktober 1804 das Schlachtfeld bei Morlautern besuchte?) und am nächsten Morgen „ganz verstört und bleich“ erwachte: „Mehrere Stunden lang brachte der Kaiser kein Wort über die Lippen.“

Die Pfalz ist das Land der Menhire, der großen Steinpfeiler aus der Frühzeit. Hier heißen sie Hinkelstein oder Langer Stein. Über 60 Exemplare gibt es noch im Nordpfälzer Bergland, im Pfälzerwald und auf der Rheinebene, viele mehr sind verschwunden. Wozu sie ursprünglich dienten – Wegweiser, Grabsteine, Kultorte, Mahnmale –, das weiß niemand. Auf jeden Fall sind sie nicht geheuer.

An dem Langen Stein am Gollenberg zwischen Bellheim und Herxheimweiher, der heute verschwunden ist, zieht der Frankenkönig Dagobert mit seinen Geißböcken und Ziegen nach Landau auf den Markt. Ein gewaltiger Sturm geht vor ihm her … Wenn man sein Ohr an den – heute ebenfalls verschwundenen – vier Meter hohen Spitzen Stein bei Esthal legte, konnte man im Menhir Hühner piepen hören. Aus anderen Hinkelsteinen kommen nach einem Wolkenbruch junge Hühnchen heraus – sicher aber ist der Menhir geheimnisvoll und seltsam lebendig.

Die Fotos zeigen die Steine von Schauernheim, Freinsheim und von Otterberg (v. l. n. r.)

Burg Beilstein

Die Burg bei Kaiserslautern, von der nur noch spärliche Reste des Bergfrieds auf einem hochragenden Felsklotz erhalten sind, wurde im 12. Jahrhundert erbaut und spätestens 1455 zerstört.

Ein Ritter von Beilstein spukt immer noch in der Ruine. Er „trägt deshalb als Geist den Kopf unter dem Arm, weil er die Opfer seiner Raubüberfälle meist enthaupten ließ“, wie Willi Mai 1940 schreibt.

Auf der Felsenburg harrte einst ein schönes Ritterfräulein. Ein Junker wollte sie entführen, doch sie wurde von zwei Gespenstern bewacht. Der Junker fiel in Ohnmacht, und als er wieder erwachte, hatten sich die beiden Gespenster links und rechts der Angebeteten verflüchtigt. Er nutzte die Gelegenheit, raubte die Maid und brachte sie in sein Schloss. Sie jedoch konnte sich ihm wieder entreißen und floh zurück in die Burg Beilstein.

Er folgte ihr und fand die Schöne erneut von den beiden Gespenstern behütet. Eines der Geister fasste den Junker an: „Er selbst fand vor Schrecken den Tod.“

Wolfsburg

130 Meter über das Tal ragt die Wolfsburg hinter Neustadt auf. Und wirkt heute wieder trutzig, nachdem der Pflanzenbewuchs vom Berg entfernt wurde – 140 Meter lang ist die Anlage und nur 30 Meter breit. So stößt sie herrisch in das enge Tälchen vor.

Es stehen nur noch Ruinen. Ihr Baubeginn liegt Anfang des 13. Jahrhunderts, sie wurde immer wieder niedergebrannt und erneut aufgebaut. Das endgültige Ende fand sie im Dreißigjährigen Krieg: Damals diente die Festung der Bevölkerung aus den umliegenden Orten als Zuflucht, bis sie im Jahre 1633 von kaiserlichen Truppen erobert, niedergebrannt und dem Erdboden gleich gemacht wurde.

Man sagt, auf ihr habe ein Raubritter gehaust. Ein Femegericht lud ihn, verurteilte ihn und wollte ihn gerade hängen, da kamen seine Genossen angeschlichen, ermordeten die Richter und befreiten ihren Hauptmann. Der Raubritter aber findet keine Ruhe und spukt in seiner Burg.

Sein Spuk hat bleibende Spuren hinterlassen: „Auf einem das Thal beherrschenden Felsen", schreibt der Pfälzer Heimatforscher August Becker 1858, „sieht man noch eine fußartige, große Vertiefung, von welcher die Sage erzählt, daß hier der Raubritter auf der Wolfsburg Wache gestanden und Spähe gehalten hätte." Noch 2008 soll ein Zeuge spätabends in der Ruine „merkwürdige Geräusche gehört" und „Gestalten gesehen" haben.

Klausenkapelle der Vierzehn Nothelfer bei Königsbach

Nicht jede unheimliche Erscheinung ist bloße Legende, nicht jeder Spuk stammt von gequälten Seelen im Fegefeuer. Manchmal äußern sich geisterhafte Geräusche nicht als Kettenrasseln und Geheul, sondern als Engelschor.

Die den Vierzehn Nothelfern geweihte Kapelle im Klausental entstand bereits vor über 650 Jahren. Zumindest wird sie bereits 1351 erwähnt. Damals war sie noch dem *vrône lîcham* gewidmet, der Hostie. Wohl schon im 17. Jahrhundert wurde sie den Nothelfern

gesegnet, vierzehn Heiligen Märtyrern aus dem zweiten bis vierten Jahrhundert, die in Aufgabenteilung für jedes Problem und Zipperlein angerufen werden konnten – von Halsschmerzen bis Hausbrand. Bei der Wallfahrt 1864 wurde die Instandsetzung der Kapelle feierlich begangen – dabei zogen 6.000 Gläubige ins Klausental.

Ein Augen- und Ohrenzeuge schildert die Himmelsgeräusche, die sich damals vernehmen ließen. Er horchte auf, „… als ein süßer, wunderlieblicher Gesang aus dem Tal an unsere Ohren drang. Ich richtete meinen Blick nach jener Gegend hin, woher der liebliche Gesang herübertönte, und beobachtete auch an den anderen Zuhörern die gleiche überraschende Bewegung. Wir vermeinten, aus dem Tale komme noch eine Prozession … Nach einiger Zeit verlor sich der Gesang in immer weitere Ferne, bis er endlich ganz verstummte."

Kloster Limburg

Kloster Limburg

Der Teufel ist zuweilen ein tumber Kerl. Als man im 11. Jahrhundert das Kloster Limburg erbaute, dessen mächtige Ruine noch heute Bad Dürkheim überragt, da ließen die Mönche den Leibhaftigen glauben, sie bauten ein Wirtshaus.

Er stand auf dem Berg gegenüber, und als er erkannte, dass das sündige Wirtshaus eine fromme Kirche wurde, griff er in Wut entbrannt nach einem gewaltigen Felsklotz, um ihn auf das Gotteshaus zu schleudern. Doch der Stein wurde weich wie Butter, und bis heute sieht man auf ihm die Abdrücke der Krallen des Teufels. Auch sein Hintern und sein Schwanz prägten sich tief in den Fels ein. Das kann jeder am Teufelsstein jetzt noch sehen.

Bad Dürkheim

Auch am Lauerbach, der heute größtenteils unterirdisch fließt und am Wurstmarktplatz westlich des Gradierbaus in die Isenach mündet, geht die Weiße Frau um, allerdings in mannigfaltiger Gestalt: als Hund, als Hammel, als Taube, selbst als Gerstengarbe.

Offenbar hütet sie Schätze – 1816 fand ein Arbeiter am Heininger Schulpfad zwei alte Töpfe, der eine voller Kröten, der andere voller Schnecken.

Die Kröten schüttete er in den Bach, aber nach Feierabend steckte eine Nachbarsfrau den Topf mit den Schnecken ein und wurde reich – denn die Kröten und Schnecken waren nur eine weitere Gestalt der Weißen Frau, die dem, der sie an sich brachte, zu Willen sein musste.

Rietburg

Die hoch über Rhodt aufragende Rietburg wurde 1200 bis 1204 von den Herren von Riet erbaut und im Dreißigjährigen Krieg zerstört. Heute ist sie ein beliebtes Ausflugsziel.
Früher aber soll ein Raubritter, der auf der Burg hauste, ein junges Mädchen entführt haben. Ihr Vater zog zur Burg, konnte sie aber nicht stürmen. Der Raubritter verlangte ein Lösegeld und stieß, als dieses gezahlt worden war, das Mädchen von den Zinnen in ihren Tod und vor des Vaters Füße. Er hatte sie zurückgegeben – aber als Leiche!
Zur Strafe geht er seit seinem Tod um und sucht als flirrendes Irrlicht ruhelos den Wald um die Burg und das Modenbacher Tal heim. Er mischt sich auch unter die finsteren Geister des Wilden Heers, das aus dem Teufelsloch zieht und laut heult und johlt.

Kloster Seebach, Bad Dürkheim

Im Bad Dürkheimer Stadtteil Seebach steht die Ruine eines romanischen Benediktinerklosters – ein beeindruckender, fast ein bisschen zu vergessener Bau. Die Kirche selbst wird 1136 erstmals urkundlich erwähnt.

In den schmucken Resten der Kirche spukt es doppelt.

Zum einen hört man „ein säuselndes Flüstern … und Liedesklang".

Zum anderen führt vom Kloster zur Ruine Limburg ein unterirdischer Gang: „Zu früheren Zeiten sah man dort eine Weiße Frau mit einem schwarzen Hunde herabkommen."

Villa Ludwigshöhe

Der bayrische König Ludwig I. (1786–1868) interessierte sich sozusagen schon von Amts wegen für Spuk. Als es um 1840 im Keller des Münchener Wirtshauses „Zum Rockerlgarten" und im Schlösschen Haidenau spukte, ließ er sich regelmäßig von seinen Beamten über die Vorgänge unterrichten. In dem Schlösschen konnte man einen unerklärlichen Lärm hören, Stöhnen und Seufzen, dazu kamen Steinwürfe aus dem Nirgendwo. Ludwig I. war – was die Poltergeister anging – eher skeptisch, sein Sohn Adalbert allerdings konsultierte die Wasserschauerin Justina Rupp aus der Gegend von Weinsberg in Schwaben, um Auskunft über die Zukunft zu erlangen.

Nach seiner Abdankung im März 1848 verbrachte der König ab 1854 jeden zweiten Sommer auf seinem pompejisch ausgemalten Schloss Ludwigshöhe. Sein liebstes Ausflugsziel war dann die Rietburg über Rhodt. Ob Ludwig I. je selbst auf Geisterjagd gegangen ist? Selbst wenn – die höflichen Zeitungen seiner Zeit hätten solch ein eigentümliches Interesse sicher nicht berichtet.

Weilacherhof

Der Weilacher Hof, heute eine im Wald versteckte Ruine, war einst ein florierender landwirtschaftlicher Betrieb. Anno 1790 aber überfiel eine Räuberbande den Hof und brannte ihn nieder. Er wurde nie mehr bewirtschaftet und verfiel immer mehr, bis ihn die Natur zurückeroberte.

Einer der Räuber war ein Schmied aus der Nähe, den der Pächter des Hofes erkannte, sodass die gesamte Bande verurteilt werden konnte.

Der Schmied aber spukt, wenn es dunkel wird, noch immer um die verfallenen Häuser im Wald.

Hardenburg

Die Hardenburg ist eine der größten und imposantesten Festungsruinen der Pfalz. Wer sie betritt, sieht vom Hof aus zwischen dem Westbollwerk und dem gewaltigen Torrondell den vieleckigen Treppenturm aus der Renaissance. Wer ihn etwas näher unter die Lupe nimmt, findet dort einen eingemauerten, mittlerweile stark verwitterten Mönchskopf mit herausgestreckter Zunge, ein sogenanntes Spottbild.

Die Hardenburg war dem Kloster Limburg tributpflichtig. Doch die Hardenburger zahlten nicht. „Einmal kam der Abt von Limburg, um langjährige Irrungen auszugleichen, auf freundliche Einladung nach Hartenburg und als er, während des heitern Mahls auf die strittige Sache geleitet, nicht nachgeben wollte, ließ ihn der Burgherr in's tiefste Verließ werfen. Vergebens stürmten die Limburger Klosterknechte die feste Burg, – durch Kerker, Brod und Wasser mürbe gemacht, gab der gequälte Abt bald nach, ward mit Hohn und Spott entlassen und zum Zeichen dessen ließ der Graf noch an das gegen die Abtei zu gekehrte Treppenthürmchen den Mönchskopf einmauern."

Hat der Mönch die Burg verflucht? Wenn, dann war er nicht sehr erfolgreich. Lange Zeit blieb sie erhalten, überlebte selbst den destruktiven Pfälzischen Erbfolgekrieg (1688 – 1697). Erst 1794 steckten französische Revolutionstruppen die Wohngebäude in Brand und machten das feste Schloss zur Ruine.

Schlosseck

Die Stauferburg, von der nur wenige, dafür sehenswerte Reste erhalten sind, erhebt sich westlich der Hardenburg über das Isenachtal.

Im Schlussstein des Torbogens entdeckt der Besucher das uralte Symbol des „Grünen Mannes“, in diesem Fall ein glatzköpfiger, aber bärtiger Mann, aus dessen Mund sich üppige Pflanzenzweige ranken. Das Motiv wirkt archaisch, fast vorgeschichtlich, ist dennoch ganz und gar mittelalterlich.

Was genau der Grüne Mann symbolisiert, darüber sind sich die Gelehrten uneins. Feiert er die Natur oder stellt er sie als Dämon dar? Stammt das Symbol aus der Zeit der Kelten, weist es auf Kopfkult oder den Gott Esos hin? Die Römer jedenfalls nannten ihn Silvanos, den Waldgott. Ist der Grüne Mann ein vorchristliches Fruchtbarkeitssymbol oder hat er eine ureigene christliche Bedeutung? Immerhin findet man ihn meist an Kathedralen und Kirchen.

Was er auch bedeuten mag – er schaut auch den heutigen Betrachter unmittelbar an, und der geht in den Dialog mit der Geschichte, der Tiefe der Zeit und der Natur, dem Wald, der ihn umrankt.

Geißkopferhof

Heute noch kann jeder Besucher dieser untergegangenen Siedlung im Wald bei Helmbach südlich von Elmstein drei Gespenster deutlich fühlen: das Gespenst der Armut, das der Wasserknappheit und das der Hilflosigkeit.

Die ersten Häuser der Waldbauern fielen alle am 29. Mai 1759 einem verheerenden Brand zum Opfer. Es handelte sich um Brandstiftung durch Waldfrevler, die zuvor zwei Bäume gefällt hatten und ihre Spuren verwischen wollten. Das kleine Dorf wurde ab 1789 wieder aufgebaut. Und nun kam das Gespenst des Krieges in die Siedlung. Die französischen Soldaten zogen sich unter General Reneauld über Iggelbach und den Geißkopf nach Leimen zurück – und pressten die Hofbauern zur Schanzarbeit, Vieh und Wagen mussten sie abgeben.

Mitte des 19. Jahrhunderts gaben die Bewohner den Geißkopfhof endgültig auf – und heute zeugen nur noch die Geister der Häuser, der Treppen von den ehemaligen Bauern. Ein Brunnenschacht, mittlerweile aufgefüllt, soll im letzten Jahrhundert noch Wasser enthalten haben. Zwei bis drei Sekunden dauerte es, bis ein in den Schacht geworfener Stein unten ankam.

In den Ruinen spukt die Horambel, ein struppiges, schreckliches und altes Weib, mit dem die alten Elmsteiner noch ihre Kinder erschreckten.

Wer will, dass auch ihm ein kalter Schauer über den Rücken läuft, der wandere nach dem Besuch der Ruinen auf dem Geißkopf an den Windlöchern vorbei. Dort weht im Sommer kalte Luft aus dem Berg – dabei handelt es sich allerdings nicht um Spuk, sondern um ein seltenes Naturschauspiel.

R W V

Burg Elmstein

Burg Elmstein wurde von den Pfalzgrafen vor dem 13. Jahrhundert erbaut, um den Weg durch das Tal zu bewachen, im Pfälzer Erbfolgekrieg wurde sie 1689 zerstört.
Noch 1854 wird von einem unterirdischen Gang berichtet, der sich vom Fuß des Felsens über einen Keller hoch bis zur Burg ziehen soll, damals aber bereits als „verschüttet“ galt.
Der Name von Burg und Ort Elmstein leitet sich von Elfe ab – und das waren früher keineswegs kleine, hübsche Wesen aus Licht mit den Flügeln von Libellen: Ein Elb oder Alb (wie in Albtraum) war ein schreckliches übernatürliches Wesen, welches das Vieh verhexen und den Menschen krank machen konnte.
Hat man die Burg Elmstein so genannt, weil man spürte, dass hier eine Gegend war, in der die Alben das Sagen hatten?

Ruine Jagdhaus, Elmstein

Am Jagdhaus ging, als es noch stand und keine Ruine war wie heute, ein Gespenst um. Das Haus wurde 1839 erbaut, aber schon vorher soll die Gegend nicht geheuer gewesen sein. In der Dämmerung ritt der Bordehut auf einem fahlen Schimmel um den Brunnen des Forsthauses, manchmal grinste er auch durch das Fenster in die Stube. Er trug eine sonderbare Kopfbedeckung, nach der er seinen Namen erhielt. Der Spuk war so schlimm, dass der letzte Förster 1833 oder 1850 das Jagdhaus verließ, die Stelle wurde ins nahe Iggelbach verlegt. Eine furchtlose Nachtwache könnte herausfinden, ob der gespenstische Mann mit dem Schlapphut heute noch umgeht – oder ob er mit dem Forsthaus verschwunden ist.

Das Schwarze Kreuz von Freinsheim

Das mittelalterliche Freinsheim mit seinen mächtigen Toren und Fachwerkhäusern ist gut bekannt. Das romantische Dorf zieht jedes Jahr zahllose Touristen an. Weniger romantisch ist das gotische Schwarze Kreuz, das an einem Weinberg neben der Straße aufragt, die von Freinsheim nach Ungstein führt. Das ist sein zweiter Standort, früher soll es in der Gewann Rosenbühl an der Grenze zu Weisenheim am Sand gestanden haben.

Es ist mächtig, über drei Meter hoch, und ähnelt einem weiteren Tafelbildstock nahe Deidesheim. Offenbar hat derselbe Meister beide Kunstwerke geschaffen, vermutlich um 1430. Anders als das Deidesheimer Exemplar weist das Schwarze Kreuz – nach dem die Weinlage benannt ist – keine Totenköpfe an der Konsole auf. Das Kreuz war ursprünglich aus hellem Sandstein und verdankt der Verwitterung seine Farbe, nicht aber sein unheimlichstes Merkmal: Bei den vier trauernden Frauen und Jüngern, die am Kreuz unter dem hingerichteten Jesus stehen, wurden die Köpfe abgeschlagen.

Der Sockel des Kreuzes diente noch im 19. Jahrhundert als Opferstein – jeder, der vorbeikam, legte Münzen darauf, die dann an die Armen verteilt wurden.

Burg Spangenberg

Spukt es auf der Spangenberg? Sie weist einen großen Keller auf und eine prallvolle Geschichte. Heute regiert in der Weinschänke des Vereins Burg Spangenberg allerdings eher der Weingeist als das klapprige Skelett eines Phantoms.

Dass die Burg das nötige Ambiente beisteuern könnte, erkannte August Becker bereits 1858: „Das einsame Haus im Vordergrunde und die Ruinen, welche noch am Fuße von Spangenberg im Thale liegen, im Verein mit den beiden Burgen auf ihrer Felsenhöhe bilden ein äußerst wirksames Gemälde, voll düsterer Romantik und Wildheit. … Auf einer Felsensäule von mehr als hundert Fuß, in welche ein Keller gearbeitet ist, ruht das Hauptgebäude der Burg, gleich einem zum Sprunge gerüsteten Raubthiere."

Hier hauste einst der wilde Kaspar von Spangenberg. Der Raubritter entführte die Tochter des Kaisers, ließ sich ein prächtiges Schloss auf dem Felsen bauen, machte dann die Bauleute betrunken und verbrannte sie, damit sie ihn nicht verraten konnten. Aber der Kaiser fand seinen Unterschlupf, stürmte die Burg und ließ den Spangenberger seinen Frevel mit dem Leben büßen. Sollte es da nicht wenigstens ein bisschen spuken?

Burg Erfenstein

In vielen Traditionen symbolisiert ein gespanntes Tau oder ein straffer Spinnwebfaden die ätherische Nabelschnur, die die Seele mit dem physischen Körper verbindet – man denke nur an den Minotaurus im kretischen Labyrinth, der den sicheren Tod bedeutete und den Theseus nur überwinden konnte, weil er durch einen Faden aus den Irrgängen der Unterwelt zurückzufinden vermochte.

Der Herr der Burg Spangenberg soll mit dem Herrn der Burg Erfenstein gut befreundet gewesen sein – und beide spannten in 70 Metern Höhe über dem Tal eine lederne Brücke zwischen ihren Festungen.

Eines Tages jedoch, beim Zechen auf der Spangenberg, gerieten die Freunde in einen Streit, und der Erfensteiner ging wütend auf der Lederbrücke zurück in seine Burg. „Ich komme niemals mehr zu dir!", rief er noch über die Schulter.

„Das brauchst du auch nicht!", antwortete der Spangenberger und zerschnitt das lederne Band mit seinem Schwert. Der Erfensteiner aber stürzte in seinen sicheren Tod.

Burg Breitenstein

Die urplötzlich aufwallende, alles durchdringende Furcht vor einer grenzenlosen, allmächtigen und feindlich gesinnten Natur, die Wanderer in Felsschründen oder großen Wäldern überfällt, nannten die Griechen Panik, nach Pan, ihrem ziegengestaltigen Naturgott. Die Römer tauften ihn Silvestris oder – in unserer Region – Vosegus. Gegenüber dem Felsen, auf dem die Burg Breitenstein thront, wurde 1938 ein in den ersten nachchristlichen Jahrhunderten errichteter Altar für Vosegus ausgegraben. Spürten die Römer hier, in der engen Waldschlucht des Elmsteiner Tals, die gespenstische Gegenwart einer unheimlichen und unbeherrschbaren Natur?
Heute steht der kleine Altar, der vielleicht zur Römerzeit an einer Straßenstation stand, im Museum von Speyer. Solche Votivsteine errichtete nur jemand, der in tiefster Not Rettung gefunden hatte. Auf dem Stein steht: „Vosego Iulius Vitunis v[otum] s[olvit] l[ibens] l[aetus] m[erito]" – „Dem Gott Vosegus hat Julius Vitunis sein Gelübde gern und freudig nach Gebühr erfüllt."
Die malerische Burgruine Breitenstein im Elmsteiner Tal ist selbst eine Art Geist. Niemand weiß, wer die Burg errichtete, wann sie erbaut wurde und wann sie unterging – und die Reste der Nieder-Breitenstein auf dem hohen Felsklotz kann man nicht begehen. Es handelt sich, streng genommen, um drei Burgen, die sich zwischen 270 und 220 Metern Höhe auf einem Felsklotz entlangziehen: die Ober-Breitenstein, die mittlere Burg und die jüngere Burg Nieder-Breitenstein. Die Anlage ist groß und voller Rätsel.

Kästenburg

Verloren in der Zeit sind die Ursprünge des Hambacher Schlosses, der einzigen Burg der Pfalz, die drei Namen trägt – man kennt sie auch als Maxburg oder Kästenburg. Mitte des 19. Jahrhunderts sollte die Kästenburg in ein venezianisches Prachtschloss umgebaut werden – man ahnt es noch, weil sie über einen Hauch von Grandezza verfügt. Der Geist von Einheit und Demokratie umrauschte sie beim Fest der Burschenschaften im Jahr 1832.

Vielleicht stand dort, wo heute das Schloss thront, in der Römerzeit ein Heiligtum oder eine Siedlung von Handwerkern. Wenn das so war, dann ist der Tempel längst verschwunden – und doch zeugt von ihm noch – wie ein fahles Gespenst – das am Südaufgang zum Zwinger in der Wälle eingemauerte, verwitterte Relief eines „Männchens“ aus römischer Zeit.

In der Madenburg spukt ein unsichtbarer Geist – man kann ihn nicht sehen, sondern nur hören. Wer zur rechten Stunde in der Ruine ist, den erschrecken schlurfende Schritte auf den Steinplatten, zuweilen auch ein Jammern und Klagen aus den Gewölbekellern oder pochende Geräusche an den Wänden der Wendeltreppen in den Türmen. Andere Ohrenzeugen sprechen von hallenden Schreien in der Nacht. Was immer die unheimliche Geräusche erzeugt, die Sage schreibt sie der unerlösten Seele eines bösen Schlossherren zu, der die Freunde seiner drei Töchter erschlagen haben soll. Der Spuk dauert, so heißt es, von Mitternacht bis ein Uhr – dann vernimmt man noch ein leises Winseln, und danach ist Ruhe.

Schlössel

Auf dem Schlossberg bei Klingenmünster befinden sich gleich zwei Burgen. Bekannt ist die Landeck, weniger bekannt das sogenannte Schlössel aus salischer Zeit, das innerhalb einer klassischen Fliehburg steht, die – wie der nahe Heidenschuh – zu Beginn des Mittelalters der Landbevölkerung Zuflucht bot. Das Schlössel war eine starke Burg, die vor allem das Kloster Klingenmünster und seine Schätze vor den Übergriffen durch Wikinger oder Reiterhorden aus Ungarn schützte.

Viel Angst muss hier erlebt worden sein in der Zeit vor der ersten Jahrtausendwende. Noch heute geht im Forst der Malus um, ein böser Ritter, der an bestimmten Tagen im Jahr mit blutgetränktem Schwert den Berg hinabkommt, die Waffe im Mühltalbach reinigt und wieder den Berg emporsteigt. Das wird er bis in alle Ewigkeit tun, denn sein Handeln war so schlimm, dass er nie mehr erlöst werden darf.

Es heißt aber auch, ein Geisterbanner habe den Malus in einem Glas gefangen und in den Wald geschafft, weshalb er derzeit harmlos sei.

St. Dionyskapelle bei Gleishorbach

August Becker (1828 – 1891), der „Vater der Pfälzer Volkskunde“, beobachtete wohl kurz nach 1852 ein unheimliches Irrlicht auf dem Weg von Bergzabern nach Klingenmünster:
„Ich war eben aus den Weinbergen durch einen mit hohen Kastanien bewachsenen Hohlweg herunter in den Wiesengrund gekommen, in welchem links zwischen den Weinbergen einer der oberländischen Winzerorte liegt. Die weiße Kirche von St. Dionys schimmelte hell vom Weinhügel herunter. Es war eine laue Februarnacht. Da sah ich mit einem Mal in den Weiden, hinter welchen das erwähnte Dorf liegt, etwa dreihundert Schritte vor mir ein Licht

lle bei Gleishorbach

eine ziemlich bedeutende Flamme, von gelbbläulicher Färbung. Ich blieb stehen und schaute mit Interesse nach der so ungewöhnlichen Erscheinung. Wer geht da um Mitternacht durch die Weiden? Jeder einzelne Stamm war durch die Kraft des Lichtes erkenntlich, das da lustig umherhüpfte. Plötzlich aber erhob es sich über die Kronen der alten Weidenbäume und strich blitzschnell durch die Luft, einen Feuerschweif nachziehend, gegen den Hohlweg hin, durch den ich heruntergekommen war, und verschwand. Ich muss gestehen, daß ich nicht ohne schauernde Lust dieser seltsamen Erscheinung in der dunklen Nacht gegenüberstand."

Burg Landeck

Unweit des Schlössels, aber weitaus mächtiger, ragen die beachtlichen Reste der Burg Landeck auf. 1237 von Graf Emich IV. von Leiningen-Landeck errichtet, thront sie, immer noch stolz und trutzig, 130 Meter hoch über dem Ort. Mit Bergfried, Zugbrücke und Zwinger ist sie eine typische Stauferburg.

Hier spukte das graue Männchen. Das sei, schrieb August Becker 1857 in seiner kleinen Erzählung vom „Gaisenjürgel", „schon öfter gesehen worden." Allerdings musste man zum rechten Zeitpunkt auf die Mauern blicken, etwa in den stillen Tagen des Advents: „Nach Betglock, besonders in dieser Jahrszeit, da braucht man kein Sonntagskind zu sein, um es auf der Schloßmauer herumspringen zu sehen, wenn man droben vorbeigeht. Da schlägt es die lächerlichsten Purzelböcke drohen herum, daß man meint, es müsse jeden Augenblick von der hohen Mauer fallen und den Hals brechen!"

Einen langen weißen Bart und feurige Augen hatte das Männlein. Wenn die Gebetsglocke verstummte, verschwand es im Wald. Dann huschte es zuweilen vorbei, schnitt Grimassen und erschreckte so die Wanderer. Und doch war sein Anblick kein Unglück, denn das Männlein hütete die großen verborgenen Schätze der Burg.

Wenn jemand – und vielleicht gilt das noch heute? – das Männlein in Form einer Feuerzunge sah, und wenn man ihm beigebracht hatte, sparsam und ehrlich zu sein, musste er nur sein Taschentuch auf das Feuerlein auf dem Berg werfen – und hielt dann statt Kohle reines Gold in der Hand.

Forst

In ganz Forst spukt es – denn dort geht das Balkemännel um. Der büßende Geist war einst ein Mann, der sich an kein Glaubensgebot hielt, sonntags nicht zur Kirche ging und ausgerechnet am Dreifaltigkeitsfest, dem Sonntag nach Pfingsten, Balken aus einem Wingert stahl. Nun ist er verflucht und schleppt bis in alle Ewigkeit diese Balken mit sich, dabei durchquert er die gesamte Gemarkung der Winzergemeinde von Westen nach Osten.

Wachtenburg

Hohenstaufen, Habsburg, Leiningen und Zweibrücken besaßen die Burg, die im 12. Jahrhundert erbaut und gerade umfassend saniert wurde. „Unter der Wachtenburg“, schreibt Willi Mai 1940, „sitzen viele Ritter schlaftrunken an Tischen im Berg.“ Wer die spukhaften Gestalten sehen will, muss aber zunächst den Eingang in den Berg entdecken …

Der Hexenstein bei Wachenheim

Der Hexenstein erinnert an die Hexenkäth, die im Sommer 1689 die Wachtenburg gesprengt haben soll, just einige Augenblicke, bevor das Dorf Wachenheim in Flammen aufging, das von den in der Burg stationierten französischen Besatzungstruppen zur eigenen Belustigung und als Höhepunkt einer Festlichkeit in Brand gesteckt worden war. Ein ihr nacheilender Soldat soll sie erstochen haben, an den Stein gelehnt habe sie ihre letzten Worte gehaucht. Hexenkäth hieß sie, weil sie von Hexen abstammte.

Das ist vielleicht nur eine antifranzösische Erfindung der nationalistischen 1930er Jahre. Hexen aber gab es natürlich auch in der Pfalz. Sicherlich unschuldige Frauen verfolgten die Gerichte der Reichsstadt Landau; in Kirrweiler, Edesheim, Rhodt, Freimersheim und Dahn kam es ebenfalls zu Verfolgungen von Frauen. In Queichheim wurde 1594 der elfjährige Sohn des Pfarrers Hugo Müller als Zauberer angezeigt. 1596, 1598 und 1615 kam es zu Wellen von Hexenprozessen in Landau. Alle Landauer Beschuldigten wurden übrigens wieder freigelassen. Im Jahre 1592 beschuldigte Barbara Holzinger die Barbara Brundel, eine Hexe zu sein. Sie gestand Beamten des Hochstifts Speyer unter Folter, sie habe am Hexensabbat in Neustadt teilgenommen, wo sie sich mit bis zu zweihundertfünfzig anderen Hexen aus Edesheim, Edenkoben, Freimersheim, Rhodt, Böckingen, Landau, Weyher und Kirrweiler sowie dem Teufel traf, um die Ernte zu vernichten. Zu diesen Treffen kamen die Zauberer auf Katzen, Böcken und Pferden herbei, nie auf Besen, Musikanten saßen in den Bäumen und spielten zum Tanze auf.

Wer aufmerksam durch den Wald geht, kann in der Pfalz an vielen Orten improvisierte Hexenaltäre entdecken, mit Federn oder anderen Fundstücken aus der Natur geschmückt, oder kleine schamanische Steinmännlein, die zeigen, dass noch heute unorthodoxe Formen der Naturverehrung praktiziert werden.

Niederkirchen überrascht den Besucher mit mehreren unheimlichen Gebäuden. Monumental und fest ragt der Vierungsturm der katholischen St.-Martin-Kirche auf, so kraftvoll, dass man in früheren Jahrhunderten annahm, er stamme von den Römern oder sei sogar noch älter.

„Die Volkssage schreibt den Thurm der Heidenzeit zu", meint der „Pfälzischer Kurier" 1877. Heute gilt er als Werk der zweiten Hälfte des 11. Jahrhunderts, ist also so alt wie der Dom zu Speyer und das Kloster Limburg. Auf seiner Südseite steht im linken Fenster die mittelalterliche Skulptur eines Mannes, der sich mit beiden Händen den Magen hält und eine leidvolle Miene macht – ein archaisches Gespenst!

Von besonderer Tragik kündet das Sühnekreuz nördlich von Niederkirchen an der Straße nach Friedelsheim. Es ragt 2,25 Meter hoch auf und hieß früher „das schiefe Kreuz", weil es sich so sehr neigte. Heute ist es wieder aufgerichtet. Es ist ein eigentümliches Kreuz, einmalig in Deutschland, denn es wurde aus einer Grabplatte geschnitten, deren mittelalterliche Schrift man gerade noch erkennen kann. Die Nische im Schnittpunkt der Balken ist heute leer.

Es ist wohl ein sogenanntes Sühnekreuz. Nach germanischem Recht durfte die Sippe eines Ermordeten Blutrache üben. „Die Kirche und auch die weltliche Obrigkeit", erklärt Fred Weinmann, ein Experte für sakrale Kunst in der Landschaft, „suchten diesen … Vergeltungsakt durch eine vertraglich geregelte Sühne zu verdrängen." Nun musste der Verbrecher Sühne leisten, indem er Straßen oder Brücken baute, eine Wallfahrt unternahm, Messen für den Ermordeten lesen ließ oder „am Ort der Tat ein Steinkreuz aufstellte, das die Vorübergehenden um ein Gebet für den so unerwartet Verblichenen ansprach."

Es ist allerdings auch möglich, dass das einfache Kreuz nur an einen Menschen erinnert, der bei einem Unfall ums Leben kam – so wie die Holzkreuze heute, die auf Verkehrstote hinweisen. Auf jeden Fall erinnert es an einen jäh aus dem Leben gerissenen Menschen.

Bellheimer Wäldchen

Nördlich von Bellheim, zwischen dem Abenteuerspielplatz am Parkplatz des Schützenhauses und dem Jagdschloss Friedrichsbühl, von dem kaum mehr erhalten ist als ein rechteckiger Graben im Wald, kann man noch heute Unheimliches erleben.

Kurz vor 2014 zog Daniel M., ein moderner Geisterjäger, nachts in den Wald, als er erfuhr, dass es dort „zahlreiche paranormale Aktivitäten und Erscheinungen gab". Und er erlebte genug Gruseliges, das ihm die Haare zu Berge stehen ließ: Zunächst hörten er und ein Forscherkollege ein Wimmern, beide spürten eine Beklemmung, vernahmen Schritte hinter sich. Es folgte ein „Bohren und ein Schlagen gegen Bäume oder Holzpfähle, manchmal ein Kratzen".

Der Geisterjäger räumt selbst ein, all dies könne wohl natürliche Ursachen gehabt haben. Doch dann, hinter einer Wegkreuzung, erschien ein „weißes Antlitz" mit roten Augen. Beiden lief es kalt den Rücken herunter. Die Gestalt ging langsam vor ihnen her, als wolle sie sie zu einem bestimmten Ort leiten, doch dann verschwand sie spurlos. Die beiden Geisterjäger liefen in Panik davon, bis sie wieder am Ausgangspunkt waren.

Die Heidenlöcher auf dem Kirchberg bei Deidesheim sind sehr alt – auf das neunte oder zehnte Jahrhundert wird ihre Entstehung datiert, als Fluchtburg, in der die einheimische Bevölkerung vor Reitereinfällen aus dem Osten Europas Schutz suchen konnte.

Welche Dramen sich dort abgespielt haben? Auf jeden Fall wird die untergegangene Stadt heimgesucht von „gespenstigen Gestalten“.

Speyerer Dom

Jeder kennt die Geschichte der deutschen Kaiser, die aus ihrer Gruft im Dom ausziehen, um in einem Fährnachen über den Rhein übergesetzt zu werden.
Das Geisterschiff ist nicht nur Sage. Vor dem Jahr 2008 war ein junger Mann mit Freunden auf einer Kanutour auf dem Rhein. Weil es so aufregend war, nutzten sie die Bug- und Kielwellen der entgegenkommenden Frachtschiffe, um darauf ein echtes Meeresfeeling zu erleben.
So auch dieses Mal. Die Jungs ruderten auf einen Frachter zu – doch der wendete, stellte sich mitten im Fluss quer und rammte das Ufer des Übungsgeländes der Bundeswehr, eine Stelle, an der sich weder ein Anleger noch ein Hafeneinlass befindet. Und war „wie vom Erdboden verschluckt".

Die Pfaffengasse in Speyer

In der Kleinen Pfaffengasse, wo sich heute das Amt für Denkmalpflege befindet, wurden 1756 die Bewohner „durch Gespenster und sonstige ungewöhnliche Erscheinungen, Poltern und Tumultieren sehr beunruhigt." Es wurde so schlimm, dass der Pfarrer von St. Stephan zu Mainz gebeten wurde, den Poltergeist durch einen Exorzismus auszutreiben. Falls er das Gebäude nach wie vor aufsucht, schweigen die dortigen Beamtinnen und Beamten eisern.

Das Kapuzinerkloster in Speyer

Anno 1835 sprach man in Speyer über nichts anderes als ein Gespenst, das sich in der Küche des Kapuzinerklosters durch ein „Summen und Brummen, Sausen und Brausen“ bemerkbar machte.

Der Poltergeist suchte das Haus offenbar schon lange heim, denn bereits 1651 ereignete sich in dem Kloster ein ähnlicher Vorfall. Ein calvinistischer Prediger, der dort lebte, beschwerte sich über „nächtliche Geister und Gespenster“. Ohrenzeugen glaubten, „einen Postillion blasen zu hören“. Die Sache wurde ernst: Das Militär stellte eine Nachtwache, und die Soldaten erspähten in der Küche, was den Lärm verursachte: „... ein schwarzes Kalb, das einen langen Schweif nachschleppte. Und dieses Kalb gab jenen Laut von sich; es lief dann gegen ein Zimmer, in dem ein paar Tage vorher der Glöckner plötzlich verstorben war.“

Das Muhkalb ist also nicht immer bloß Legende …

Das Heidentürmchen in Speyer

Nur selten werden Geister in der Pfalz zum Gegenstand behördlicher Maßnahmen. Im 16. Jahrhundert jedoch wollten die Wachen nicht mehr länger auf dem Abschnitt der Stadtmauer stationiert werden, der hinter dem Haus des Deutschen Ordens und der Kirche St. Stephan lag (heute befindet sich dort, mit der Adresse Domplatz 5, das Gebäude der Evangelischen Kirche der Pfalz). Die eigentlich tapferen Männer klagten beim Rat der Stadt, ein Gespenst attackiere sie – einer wurde an den Füßen gepackt, ein weiterer schwer verletzt. Um weiteres Unheil zu vermeiden, wurden die Wachen verlegt.
Wer weiß, ob der Geist nicht immer noch umgeht und wie geheuer es am Heidentürmchen um Mitternacht ist?

Burghofgasse

Der Galeerenturm in Landau

Am westlichen Rand der Landauer Innenstadt steht der denkmalgeschützte Galeerenturm, der einzig erhaltene Teil der mittelalterlichen Burg und Stadtbefestigung. Dort und an der Stelle, wo die Queich in die damaligen Befestigungsanlagen der Inundationsschanze floss, spukte im 19. Jahrhundert der „verrufene Posten". Es handelte sich um einen navarresischen Major der Garnison, der als herzlos galt und noch zu Lebzeiten als vermummtes Gespenst tief in der Nacht bei allen Posten und Wachen herumschlich, um sie zu kontrollieren und zu erschrecken. Er wurde irrtümlich erschossen, als er auf einen nächtlichen Anruf der Wache nicht antwortete. Er starb, ohne beichten zu können, und wurde ohne priesterlichen Segen bestattet.

1858 schrieb August Becker: „Nun spukt er heute noch dort und gar manche Geschichte wird in den Kasernen von den Soldaten darüber erzählt. So spukt's auch an der Entrée des eaux … und bei dem ‚Galeerenthurm'." Nur mit Haarsträuben seien die Soldaten bereit, dort nachts Wache zu stehen. Und noch 1867 lesen wir, dass er „eine fahle, blutige Leiche mit klaffender Wunde, wimmernd und flehend" sei, die sich nach dem Zapfenstreich auf der Schanze zeigt – und wieder verschwindet.

Eußerthal

Das Zisterzienserkloster, im Jahre 1148 gegründet und 1262 geweiht, wurde 1561 infolge der Reformation aufgehoben. Außer der Vierung der mächtigen romanischen Kirche, die heute noch als katholische Pfarrkirche dient, sind kaum Gebäudereste erhalten. Doch selbst das Wenige lässt den großen Glanz von früher ahnen – die Mönche aus Eußerthal hüteten auf dem Trifels die kostbaren Reichskleinodien, und so mancher archaische Wandschmuck, etwa das Relief eines Drachens oder Basilisken auf dem Tympanon, dem Türsturz der Nordkapelle, wirkt noch heute unheimlich.

Die Menschen machten sich auf diesen Glanz ihren eigenen Reim. So sollten die Mönche eine goldene Orgel besessen haben, die sie in einem nahen Sumpf versenkten, als sich ein Feind dem Kloster näherte. Der Feind zerstörte das Kloster und erschlug alle Mönche – sodass niemand mehr wusste, wo der Goldschatz verborgen lag. Alle sieben Jahre jedoch steigt die goldene Orgel um die Mitternachtsstunde aus dem Morast und ein schattenhafter Mönch spielt sic, „daß es wundersam durch Berg und Thal klingt wie helle Vogelstimmen und dumpfes Sturmgebraus, bis der Geisterschall sich dämpft und das Echo leise in den Bergwäldern nachhallt, um zuletzt ganz zu zerfließen."

Die goldene Orgel ist sicherlich Sage … aber woher stammt dann das geisterhafte Geräusch?

Slevogthof

Max Slevogt gilt, obwohl er 1868 im bayerischen Landshut geboren wurde, als einer der bedeutendsten pfälzischen Maler, denn in der Pfalz lebte und arbeitete er, hier starb er im September 1932. Slevogt lebte auf dem Hof Neukastel, später nach ihm Slevogthof genannt, einem ehemaligen Herrenhaus aus dem 19. Jahrhundert in den Weinbergen über Leinsweiler, unterhalb der spärlichen Ruinen der Höhenburg Neukastel.

Auf dem Slevogthof zeichnete er seine Buchillustrationen, unter anderem zum „Letzten Mohikaner", aber auch seine leicht ironischen Porträts der Pfälzer Elwetritsche, die im Ursprung Dämonenvögel sind. Hier schuf er Anfang 1919, als die Pfalz französisch besetzt war und das Malen von Landschaftsbildern verboten wurde, die Zeichnungen zu Mozarts magischer Oper „Die Zauberflöte", damit, wie er schrieb, die Musik „den Spuk der bösen Welt fern von ihm banne". Und die Königin der Nacht war „bei Slevogt mehr Gespenst als weibliches Wesen", wie die zeitgenössische Kritik 1924 schrieb.

Fand der impressionistische Maler die Vorbilder seiner grotesken Spukgestalten um Mitternacht in den Korridoren seines Hofs? Auch wenn es im Slevogthof nicht spuken sollte – hier wurden Gespenster geboren und auf Papier gebannt.

Fischbach

Zwischen Fischbach und Dahn, an Orten wie der Glastalerhohl, dem Kohldellchen oder dem Schorlenberg, zieht das Wilde Heer entlang. Wenn es sich nähert, drehen die Hunde durch, reißen an der Leine, ducken sich ganz tief zum Boden, winseln und suchen Schutz beim Menschen. Dann naht sich das furchtbare Geisterheer – es rasselt, es lässt die Haare zu Berg stehen. Ist der Spuk endlich vorüber, beruhigen sich auch die Hunde. Ihr Fell aber ist klatschnass vor Angstschweiß.

Ramburg

Der Ritter von Burg Scharfeneck war einst begierig auf die Frau seines Konkurrenten in der Ramburg. Von der Gier aufgestachelt und vom Teufel verleitet, zielte er auf den Ramberger Burgherrn, um ihn aus dem Weg zu räumen.

Doch als er von seiner Festung aus hinüber zur Ramburg schoss, traf und tötete sein Pfeil die Frau seines Herzens.

Zart sind, trotz dieser gewalttätigen Sage, die Geister bei der Ramburg – Naturelfen, könnte man sagen. Sie leben in wunderschönen Blumen, die seufzen und bluten, wenn man sie pflückt. Ob es in dem riesigen, in den Fels gehauenen Gewölbe unter der Burg spukt, muss jeder selbst herausfinden.

Neuscharfeneck

Unter den Ruinen der Burg Neuscharfeneck aus dem 13. Jahrhundert liegt ein gewaltiger Schatz begraben. Das Geschmeide ist sicher in einer eisernen Truhe bewahrt, die von einem ungeheuren, geisterhaften Hund bewacht wird. Diese Truhe gilt es zu finden und mit einer Rose als Schlüssel zu öffnen – dann erlöst man auch einen schaurigen, blassen Schatten von Raubritter und eine ganze weitere Schar fürchterlicher Gespenster.
Allerdings kriecht das Hauptgespenst nur alle siebenhundert Jahre an die Erdoberfläche und hält nach einem Schatzsucher Ausschau. Es kann also jeden Tag so weit sein …
Wer es auf eigene Faust versuchen will: Mit einer Grundfläche von 150 auf 60 Metern ist Neuscharfeneck eine der größten Burganlagen der Pfalz, die Suche nach dem Schatz ist also die Suche nach der goldenen Nadel im Trümmerfeld.

Teufelstisch

Der Teufelstisch ist bizarr genug, um glaubhaft zu machen, dass sich hier Dämonisches abgespielt haben könnte. Gab es hier uralte Kulte, an die nur noch die Sage erinnert?
Jedenfalls spielte der Teufel einst den dekadenten Schlossleuten der Dahner Burgen etwas auf der Fidel, und sie tanzten und grölten so laut, dass es selbst dem Gottseibeiuns zu viel wurde – er drohte, die Männer am Spieß zu braten, aber sie lachten den Leibhaftigen nur aus. Da zog der Teufel sein Schwert, enthauptete alle miteinander und band ihre sich windenden Seelen an den Sattelknopf seines Rosses. Ihre Herzen aber briet er, anschließend riss er zwei mächtige Sandsteinplatten aus dem Boden und stapelte sie zum Teufelstisch auf. Und dann bat er die feinen Damen des Schlosses zum Mahle …
Und wer das nicht glaubt, dem beweist der steinerne Tisch, dass die Geschichte wahr sein muss.

Trifels

Der Trifels, einst Reichsfeste und Aufbewahrungsort der Reichskleinodien wie auch der Heiligen Lanze, dem Speer, der Jesus am Kreuz die Seite durchbohrte, wurde in nationalsozialistischer Gesinnung bis in die guten Jahre der alten Bundesrepublik wieder aufgebaut. Ein unheiliger Geist also durchweht das ganze Schloss.

Aber im Berg selbst, in einer Höhle oder einer Unterwelt, sitzt Friedrich Barbarossa zu Tische und wartet, bis er wieder gebraucht wird. Die „Wipfel der Buchen, welche ihr Haupt leise an der Felswand wiegen", lesen wir im 19. Jahrhundert, „flüstern von dem heimlichen Geisterleben im Innern des Berges. Jeden Augenblick glauben wir den Zwerg zu sehen, wie er den Kopf aus dem Gebüsch oder der Feldspalte reckt, um uns hinein zu locken, wo der alte Barbarossa am Tische sitzt und um ihn seine Helden. Aber dort fliegen noch die schwarzen Raben um den Sonnenberg, die Zeit ist noch nicht erfüllt, welche den Zauberbann löst, und wo die große Entscheidungsschlacht geschlagen werden soll zu Straßburg, in der Ebene, ‚daß die Gäule bis an die Knie im Blute stehen werden'." Bernhard Herzog berichtet in seiner „Edelsasser Chronik", dass man dem Kaiser Friedrich Barbarossa allnächtlich ein Bett auf Trifels machen müsse, „denn er sei zu Hagenau auf der Burg lebendig verzucket worden" und reise nach wie vor jede Woche über den Trifels nach Kaiserslautern.

Burg Neudahn

Aus einer Reihe tief bewaldeter Berge recke Burg Neudahn, fand August Becker, „ihre zerfallenen Zinnen“: „Alles dieses verklärt und erhöht im Lichte des Morgens oder im magischen Glänze einer Mondnacht zu sehen, zaubert uns ein Reich der Fata Morgana vor Augen. Hier ist die Natur selbst die mächtigste Fee, die zauberkräftigste Fata Morgana. Ihre Macht durchschauert und schreckt uns, aber entzückt und erhebt uns auch.“
Das ist unser romantischer und verklärender Blick. Früher erinnerte man sich noch an den bösen Ritter Stophes, der auf Neudahn hauste und von Raub, Mord und Erpressung lebte. Sogar sein Pferd soll er umgekehrt behuft haben, damit man seinen Spuren nicht folgen konnte. Und in den Verließen seiner Festung darbten die Gefangenen. So erfolgreich war der Stophes bei seinen Untaten, dass das Volk munkelte, da habe doch der Teufel seine Hände mit im Spiel. Irgendwann gelang es seinen Speyerer Dienstherren, ihn mit Kanonen und einer Streitmacht gefangen zu nehmen und zur Strafe zu enthaupten. In den Gewölben der Burg aber fand man die Gebeine seiner verhungerten Opfer.
Seitdem, so heißt es in der Umgebung (und so überliefert es Victor Carl), „klingen an jener Stelle aus der Erde die Seufzer der Gefangenen und das Röcheln der Sterbenden.“

Orensberg

Der Orensberg ragt 581 Meter über Meeresniveau und ist zweifelsohne ein magischer Ort. Um den Gipfel zieht sich zweieinhalb Kilometer lang ein Ringwall aus großen Steinbrocken, den man früher für ein Werk der Kelten hielt, heute aber aufgrund von Funden auf die Zeit der Karolinger datiert. Damit hat auch die dortige „Opferschale" ihre mystische Kraft etwas verloren – da sammelte sich nicht das Blut von Menschenopfern, sondern Wetter und Witterung haben sie in den Stein gehöhlt. Zu beeindrucken vermag sie dennoch. Noch steiler als der Ringwall reckt sich der zerklüftete Orensfelsen auf dem südlichen Sporn des Berges empor.

Auf dem Orensberg spukt es nachweislich noch heute. Im Sommer 2011 zelteten zwei Wanderer auf dem Weg von Albersweiler nach Frankweiler über Nacht an den Felsen, als sie gegen 23 Uhr ein seltsames Geräusch hörten, das immer lauter zu werden schien. Trotz ihrer Angst konnten die beiden endlich einschlafen. Als einer dann aber noch im Dunkeln sein Zelt verließ, fand er darauf mit Asche die Zahl 153 geschrieben. Kurze Zeit später hörte er Schritte – ihm näherte sich eine menschenähnliche Schattengestalt, ein durchsichtiger Mann ohne erkennbare Gesichtszüge, der ihn anzustarren schien. Dann trat der unheimliche Besucher ein paar Schritte zur Seite – und löste sich in Luft auf. Seltsamerweise finden sich am Orensberg zahllose Felsbrocken, auf die Zahlen geschrieben sind.

Als der Zeuge sein Erlebnis im Internet postete, meldeten sich andere Leute, die dort ebenfalls gespenstische Erfahrungen gemacht hatten. Einer davon hatte – um 2005 – in Begleitung von Freunden ein Gefühl des Unwohlseins bemerkt und ein seltsames Kinderlachen, ein unerklärliches Rascheln und verzerrte Stimmen gehört. Auf dem Rückweg folgte ihm und seinen Freunden in der einbrechenden Dämmerung der „Umriss eines Mannes mit zerrissener Kleidung". Das Phantom war so furchterregend, dass der Zeuge laut aufschrie und davonrannte.

Diese modernen Begegnungen mit dem Unheimlichen sind nur die jüngsten Beispiele für die Erscheinungen auf dem Orensberg. Schon lange munkelten die Leute, auf dem Berg gehe der Scharfenecker um, der Raubritter von Burg Scharfeneck. Jeden Abend beim Ertönen der Betglocke darf er aus der Höhle, in die er am Mittag des nächsten Tages zurückkehren muss. Besonders zwischen Frankweiler und Dernbach führt er Wanderer in die Irre, setzt sich auf ihre Schultern und drückt sie, spukt mit Ketten und einem blutigem Messer. Auch kann man die Schreie gequälter Leute hören.

Ohne Zweifel ist der Orensberg mit seinem uralten Wall, der Opferschale, den Spukgeräuschen und den Schattenwesen ein ganz besonderer Ort.

Burg Drachenfels

Die Burg Drachenfels im Dahner Felsenland ist ohne Zweifel die geheimnisvollste Burg der gesamten Pfalz – in den Felsen genagt wie die Kulisse aus einem Science-Fiction-Film, dazu kommt die vielleicht uralte Ritzung eines Drachens im gewachsenen Fels.

1867 erfahren wir, dass es in den unterirdischen Gängen auch spukt: Hier „erklingen seltsame Töne herunter: denn die Geister der Burg unterhalten sich mit einem goldenen Kegelspiele, welches zu heben schon mancher vergeblich gewünscht hat … Nicht selten wird dieser Spuk sogar leiblich fühlbar, wie mancher behauptet."

Und wer vor dem Spuk in der Burg ins Freie flüchtet, der ist noch lange nicht sicher: „Um den Drachenfels herum spukt der ‚Waldmann' … Er erscheint in stürmischer Nacht. Und überall, wo er gesehen wird, glaubt man an Verderben und Unheil.

Berwartstein

Die Berwartstein bietet dem gruselsüchtigen Besucher gleich zwei Gespenster an: Zum einen spukt in der wiederaufgebauten Burg der Geist einer Zigeunerin, die der Graf der Burg selbst vor langer Zeit in den 104 Meter tiefen Felsbrunnen stieß, weil er sie nicht als Schwiegertochter wollte. Dann kann man in und an der Burg um Mitternacht auch der Weißen Frau begegnen. Es ist der Geist der Burgherrin Barbara, die sich bei einem Brand und auf der Flucht vor Raubrittern aus dem Fenster ihres Gemachs stürzte, den eigenen Körper um das Kind geschlungen, um wenigstens den Stammhalter zu retten. Seither geht sie um.

Altdahn

Burg Altdahn gehört mit den Burgen Grafendahn und Tanstein zu den Dahner Burgen, die sich nebeneinander auf ein Felsenriff kauern, das völlig von Gängen, Stollen und Kammern durchfressen ist. Wenn es je einen magischen Ort gegeben hat – dann ist es dieser. Und die Burg Altdahn ist ein geheimnisvoller Ort – dort spukt mehr als nur ein Gespenst.

In den zwölf Nächten soll die Burg mit Geistern erfüllt sein. Und mit diesen Seelen im Fegefeuer ist nicht zu spaßen. Einmal ging ein Prahlhans zur Burgruine, um dort um Mitternacht einen Nagel in einen Balken zu schlagen, zum Beweis dafür, dass er sich tatsächlich getraut hatte. Man fand ihn am nächsten Morgen, erhängt am eigenen Rock. „Vor seinem Gesichtsausdruck konnte man sich fürchten."

Noch bedeutender aber sind die von dämonischen Wesen bewachten Schätze. Dass der Berg hohl ist, das lässt sich schnell feststellen. „In den düstern Hallen von Altdahn ist ein Echo", weiß August Becker 1858, „das jeden Klang donnerähnlich zurückgibt. Ein Pistolenschuß, auf diesen Höhen abgefeuert, läßt uns eine starke Kanonade von überraschender Wirkung hören." Am 11. Mai 1820 riss ein Felssturz den südlichen Teil des Palastes in die Tiefe. Danach fand man einen runden, sich nach unten erweiternden Hohlraum – vielleicht ein Verlies.

Einen Schatz unter der Ruine bewacht ein Ungeheuer, ein großer, schrecklicher Hund mit Augen wie feurige Kohlen. Sein Maul ist voller spitzer Zähne und atmet Flammen aus. Wer sich ihm nähert, der wird zerfleischt. Es ist also nicht einfach, den Schatz zu heben. Als einmal ein Wanderer dem Untier begegnete, rannte er vor ihm davon, aber der Höllenhund setzte ihm nach, bis beide endlich das Dorf Dahn erreichten. Und dort starb der Mann bereits wenige Stunden später.

Dörrenbach

In Dörrenbach, dem Dorf südlich von Bad Bergzabern, muss ein Sünder umgehen: Am Hang der Hohen Derst spukt ein Schatten mit einem Brotlaib unter dem Arm, von dem er nicht abbeißen kann. Er büßt für seine Hartherzigkeit, und wenn immer er sich, von Durst gequält, zu einer Quelle bückt, weicht sie vor ihm zurück.

Peter Kauert

Geboren 1970 im Siebengebirge und mittlerweile überzeugter Wahlpfälzer, fotografiert seit seinem 15. Lebensjahr, bevorzugt Schwarz-Weiß. Zahlreiche Publikationen in Zeitschriften und Büchern.
Gegenwärtige Projekte: Pfälzer Burgenkunde und Jagd nach den verlorenen (realen) Schätzen der pfälzischen Sagen.

Ulrich Magin

Journalist, geboren 1962 in Ludwigshafen am Rhein, schreibt hauptsächlich über die kuriosen Aspekte der Kulturgeschichte.

Neben Begegnungen mit Außerirdischen und Seeungeheuern interessiert ihn vor allem die Geschichte der (Kur-)Pfalz und ihrer Umgebung, dazu hat er mehrere Bücher und Artikel veröffentlicht.

Quellenverzeichnis

Burg Falkenstein August Becker: Die Pfalz und die Pfälzer. Leipzig: J. J. Weber 1858, S 788, 794 / Hohenfels August Becker 1858, S. 791–792; Alexander Schöppner: Sagenbuch der Bayerischen Lande: Zweiter Band. München: Rieger 1874, S. 825 / Neuleiningen Victor Carl: Pfälzer Sagen. Band I. Landau: Pfalz.-Druck o.J., S. 129 / Rosenthal August Becker 1858, S. 808f. / Ungeheuersee Bernhard H. Bonkhoff: Pfälzisches Glockenbuch. Institut für pfälzische Geschichte und Volkskunde 2008, S. 277 / Hochdorf Rudolf Köstlmaier: Witwe mit Schimpf und Schande verjagt. Die Rheinpfalz – Ludwigshafener Rundschau, 28. Februar 1996 / Waldsee-Neuhofen Hedwig Laurien: Geistergeschichten aus Ludwigshafen am Rhein. Neustadt/Weinstraße: Agiro 2015, S. 132–133 / Rheingönheim Hedwig Laurien 2015, S. 29 / Dannstadt Rudolf Köstlmaier: Furchtbare Rache der Irrlichter. Die Rheinpfalz – Ludwigshafener Rundschau, 29. Februar 1996 / Fußgönheim Rudolf Köstlmaier: Schloß-Gespenst erschien selbst noch am hellichten Tage. Die Rheinpfalz – Ludwigshafener Rundschau, 15. Februar 1996 / Maudacher Bruch UFO entpuppt sich als Partyscherz. Mannheimer Morgen, 10. August 2004, nach CENAP-Newsflash Nr. 9, Februar 2005 / Edigheim, Krick Hedwig Laurien 2015, S. 71 / Neuhofen Hedwig Laurien 2015, S. 126–128, 129–131 / Mutterstadt Victor Carl: Pfälzer Sagen, S. 116; Hedwig Laurien 2015, S. 80–81 / Oggersheim Hedwig Laurien 2015, S. 42–45, 46–48 / Maxdorf Rudolf Köstlmaier: „Wallfahrtsort" für ruhelose Geister. Die Rheinpfalz – Ludwigshafener Rundschau, 8. Februar 1996 / Haßloch dob: Nächtliche Kinderbeerdigungen vermutet. Evangelischer Kirchenbote 41/2020 / Burg Nanstein Victor Carl: Pfälzer Sagen und Legenden. Edenkoben: Arwid Henning Verlag 2000; S. 466, 459 / Remigiusberg Victor Carl: Pfälzer Sagen und Legenden, S. 528 / Burg Lichtenberg Namikaze: Mystische Orte in Rheinland Pfalz. https://www.allmystery.de/themen/ue43845-2, 26. April 2009 / Burg Frankenstein Victor Carl: Sagen und Geistergeschichten aus Bad Dürkheim. Neustadt/Weinstraße: Agiro 2016, S. 46 / Burg Diemerstein Michael Frey: Versuch einer geographisch-historisch-statistischen Beschreibung des kön. bayer. Rheinkreises: Versuch einer geographisch-historisch-statistischen Beschreibung des Gerichts-Bezirkes von Kaiserslautern im königl. bayer. Rheinkreise, Band 3. Speyer: Neidhard 1837, S. 60; Eitelmann, Walter: Rittersteine im Pfälzerwald. Neustadt/W.: Gräber 1986 (3. Aufl.), S. 128 / Burgruine Lichtenstein http://www.heimat-pfalz.de/magazin/maerchen-und-sagen-158/807-der-schatz-von-lichtenstein.html / Trippstadt http://nretualsresiak-bilder.blogspot.com/2019/02/der-grausame-mord-julie-schaffer-aus.html; https://nretualsresiak-bilder.blogspot.com/2019/01/der-mord-julie-schaffer-aus-trippstadt.html / Burg Wilenstein Victor Carl: Pfälzer Sagen, S. 207 / Trippstadt, Aschbacherhof Helmuth A. Ulrich: Wo es immer noch umgeht: Sagen, Mären und Geschichten aus Kaiserslautern Stadt und Land. Otterberg: Arbogast 1963, S. 43 / Johanniskreuz Fred Weinmann: Kultmale der Pfalz. Speyer: Pilger 1975, S.22f. / Burg Hohenecken August Becker 1858, S. 635 / Burg Beilstein Willi Mai: Die pfälzischen Volkssagen und ihre gestaltenden Kräfte: (Sagen aus religiösem Erlebnis). Noske, 1940 S. 97 / Menhire Christmann, Ernst: Menhire und Hinkelsteine in der Pfalz. Speyer: Historisches Museum der Pfalz 1947, S. 11; Gödel, Otto: Menhire. Speyer: Historischer Verein e.V. 1987; Groht, Johannes: Menhire in Deutschland. Nünnerich-Asmus 2013 / Kaiserlautern, Kaiserpfalz Victor Carl: Pfälzer Sagen, S. 244–246 / Nonnental F. W. Hebel: Pfälzisches Sagenbuch. Kaiserslautern: Crusius 1 1912, S. 35 / Königsbach Victor Carl: Sagen und Heistergeschichten aus Neustadt. Neustadt/Weinstraße: Agiro 2018, S. 38 / Wolfsburg August Becker 1858, S. 187; Mellysweet: Mystische Orte in Rheinland Pfalz. https://www.allmystery.de/themen/ue43845-1, 17. April 2008 / Kloster Limburg Friedrich Panzer: Bayerische Sagen und Bräuche. Beitrag zur deutschen Mythologie. Erster Band. München: Kaiser 1848, S. 204 / Bad Dürkheim, Lauertal Friedrich Panzer 1848, S. 204–205 / Seebach Kloster Bavaria, Landes- und Volkskunde des Königreichs Bayern bearb. von einem Kreise bayerischer Gelehrte. 4. Band. J. G. Cotta'sche Buchhandlung: München 1867, S. 319, 323 f.; Victor Carl: Bad Dürkheim 2016, S. 72 / Villa Ludwigshöhe Diethard Sawicki: Leben mit den Toten. Geisterglauben und die Entstehung des Spiritismus in Deutschland 1770–1900. Paderborn: Schöningh 2002, S. 203–217 / Rietburg August Becker 1858, S. 313 / Weilacherhof Eitelmann 1986, S. 227 / Hardenburg August Becker 1858, S. 216 / Schlosseck https://de.wikipedia.org/wiki/Gr%C3%BCner_Mann / Geißkopflerhof Arnold Ruby: Werden und Vergehen der Waldbauernsiedlung auf dem Geißkopf. Lambrecht: edeldruck 1977; Karl Heinz Himmler: Geißkopf. Gemeinde Elmstein 1991; Eitelmann 1986, S. 72 / Burg Elmstein Heinrich Weintz: Elmstein im Naturpark Pfälzerwald und seine Umgebung. Hrsg. vom Pfälzerwald-Verein, Ortsgruppe Elmstein in Verbindung mit d. Verkehrsamt d. Gemeinde / Ruine Jagdhaus Eitelmann 1986, S. 79 / Burg Spangenberg August Becker 1858, S. 193; Bavaria 1867, S. 299 / Burg Erfenstein Victor Carl: Pfälzer Sagen, S. 220 / Burg Breitenstein Otto Gödel: Vosegus-Inschrift von Busenberg. Pfälzer Heimat, Dezember 1980, S. 121–122 / Kästenburg Cüppers, Heinz: Die Römer in Rheinland-Pfalz. Stuttgart: Theiss 1990, S. 497 / Freinsheim, Schwarzes Kreuz Fred Weinmann. Der Pilger, 7. Januar 1973 / Madenburg P. Grüny: Burgruinen im Wasgau. Pirmasens 1985, S. 19 / Schlössel Victor Carl: Pfälzer Sagen, S. 38 / Dionyskapelle Karl August Becker: Irrwische, Feuermänner und Feuerdrachen. In: Oberdeutsche Zeitschrift für Volkskunde. 11, 1937, S. 125–130 / Burg Landeck Victor Carl: Pfälzer Sagen, S. 38–39 / Forst Victor Carl: Bad Dürkheim, S. 36 / Wachtenburg Willi Mai 1940, S. 41 / Wachenheim, Hexenstein J. H. Klos: er Wachenheimer Hexenstein und seine Bedeutung. http://www.pwv-wachenheim.de/7_Wissenswertes.html / Niederkirchen Der Thurm zu Niederkirchen. Pfälzischer Kurier Nr. 88/1877, S. 350–351; http://www.suehnekreuz.de/rhein/deidesheim.htm / Heidenlöcher Eduard Jost: Der gute Kaiser Max. Historische Erzählung. Leipzig und Landau: Jost 1879, S. 88 / Speyerer Dom Flo: Geisterschiff ? Würde mich interessieren was ihr sagt. http://www.geister-und-gespenster.de/forum/wbb2/thread.php?threadid=7413, 23. Januar 2008 / Speyer, Pfaffengasse Albert Becker: Pfälzer Volkskunde. Bonn und Leipzig: Verlag Kurt Schroeder 1925, S, 126; Helmut Seebach: Sagen in der Pfalz: Geister, Hexen, Teufel; ein Beitrag ein Beitrag zur Volkskunde der Pfalz. Bachstelz-Verlag 1996, S. 143 / Speyer, Kapuzinerkloster Albert Becker: Bausteine zur Speyerer Volkskunde. Pfälzisches Museum – Pfälzische Heimatkunde. Band 38, 1921, S. 119; Albert Becker: Pfälzer Volkskunde. Bonn und Leipzig: Verlag Kurt Schroeder 1925, S. 126 / Speyer, Heidentürmchen Wolfgang Eger: Geschichte der Stadt Speyer, Band 2. Stuttgart: Kohlhammer, 1982, S. 6 / Bellheim Daniel Münch: Geisterjagd #1 – Bellheim, Rheinland Pfalz. http://spukort-rheinlandpfalz.blogspot.com/, 15. April 2014 / Landau, Galeerenturm August Becker 1858, S. Becker, 387; Bavaria, Landes- und Volkskunde des Königreichs Bayern bearb. von einem Kreise bayerischer Gelehrte. 4. Band. J. G. Cotta'sche Buchhandlung: München 1867, S. 317 / Eußerthal August Becker 1858, S. 362 / Slevogthof https://de.wikipedia.org/wiki/Max_Slevogt / Neuscharfeneck Willi Gutting: Lebensläufe pfälzischer Bäche. Otterbach: Arbogast 1965, S. 39 / Fischbach C. Kleeberger: Volkskundliches aus Fischbach i.d. Pfalz. H. Kayser 1902, S. 70 / Ramburg Willi Gutting, 1965, S. 39 / Trifels August Becker 1858, S. 523; Wilhelm Wachsmuth: Geschichte deutscher Nationalität. Band 1, 1860, S. 360 / Orensberg Victor Carl: Pfälzer Sagen, S. 212–213; Wandersmann: Geistersichtung im Pfälzerwald. https://www.wahrexakten.at/index.php?threads/geistererscheinung-im-pf%C3%A4lzerwald.17404/, 11. September 2011 / Burg Neudahn August Becker 1858, S. 554; Victor Carl: Pfälzer Sagen, S. 175–276 / Teufelstisch Willi Gutting 1965, S. 10 / Burg Drachenfels Bavaria 1867, S. 324 / Berwartstein Tod auf Burg Berwartstein – Wenn die weiße Frau erscheint ... SWR1, 17. Oktober 2017 / Altdahn August Becker 1858, S. 551; Bavaria 1867, S. 324 / Dörrenbach Victor Carl, , S. 159; Dr. C. Mehlis: Der „Hexenhammer" von Dörrenbach in der Pfalz und Verwandtes. Globus, Band 93, Verlag des Bibliographischen Instituts 1908; S. 174–176